Présentation de l'autrice

Brigid Brophy est née le 12 juin 1929 à Ealing. Romancière, essayiste, critique et militante politique, elle défend de nombreuses causes comme le droit des auteurs, le mariage homosexuel, les réformes sociales, les droits des femmes.

En 1947, elle obtient une bourse à l'université d'Oxford, et épouse, en 1954, l'historien de l'art Michael Levey avec lequel elle aura une fille, Kate, née en 1957. Le mariage est heureux, même si Brigid Brophy entretient une relation pendant treize ans avec Iris Murdoch (autrice de *La Mer, la mer* (Gallimard, 1982), récompensé par le Booker Prize en 1978).

Autrice d'une dizaine de romans satiriques, souvent érotiques, ses œuvres sont marquées par l'influence de Sigmund Freud, et ses ouvrages de non-fiction reflètent ses intérêts pour la psychanalyse, l'art, l'opéra et la libération sexuelle. Son premier roman, *Hackenfeller's Ape*, publié en 1953, a remporté le premier prix au Cheltenham Literary Festival.

Son œuvre témoigne de la richesse de son esprit créatif, de son sens de la comédie et de sa voix distinctive.

Brigid Brophy meurt le 7 août 1995 dans le Lincolnshire.

LA BOULE DE NEIGE

DU MÊME AUTEUR

Le Plaisir, Stock, 1963

BRIGID BROPHY

LA BOULE DE NEIGE

Traduit de l'anglais (Royaume-Uni)
par Léo Lack

belfond

Titre original :
THE SNOW BALL
publié par Faber and Faber Ltd, Londres

Retrouvez-nous sur www.belfond.fr
ou www.facebook.com/belfond

Éditions Belfond,
92, avenue de France, 75013 Paris.
Pour le Canada,
Interforum Canada, Inc.,
1055, bd René-Lévesque-Est,
Bureau 1100,
Montréal, Québec, H2L 4S5.
ISBN 978-2-7144-0401-5
Dépôt légal : mars 2024

Belfond | un département **place des éditeurs**

place
des
éditeurs

À Charles Osborne

« *That most fascinating subject for gossip, whether, when the opera opens, Don Giovanni has just seduced or has just failed to seduce Donna Anna, will no doubt go on being debated for* another *two centuries.* »

Brigid BROPHY, *Mozart the Dramatist*[1]

« *Atque hoc evenit in labore atque in dolore, ut mors obrepat interim.* »

PLAUTE, *Pseudolus*, II, III[2]

1. « Lorsque commence l'opéra, Don Juan vient-il de réussir ou d'échouer dans sa tentative de séduire Donna Anna ? Ce sujet de causerie des plus passionnants continuera sûrement d'être débattu pendant deux siècles encore. » (Brigid Brophy, *Mozart le dramaturge*.)
2. « C'est ainsi qu'au milieu des ennuis et des souffrances, le mal vient furtivement nous surprendre. » (Plaute, *L'Imposteur*.)

PREMIÈRE PARTIE

1

La porte à deux battants, au fond de la salle de bal, s'ouvrit toute grande. Quelques-uns de ceux qui reçurent les battants dans le dos résistèrent et, après un instant d'irritation, comprirent et s'écartèrent. Un certain espace fut libéré et, en même temps, il y eut une pause, comme si un personnage très important ou très gros était sur le point d'entrer et que rien d'un poids moindre ne pût entre-temps forcer l'attention. Une chaise à porteurs fut enfin introduite au pas de course.

Sur le toit, qui était noir et probablement goudronné, demeuraient quelques flocons de neige.

En les voyant au-dessous d'elle – elle était debout dans la galerie des musiciens –, Anna, charmée, retint son souffle pendant tout le temps qu'il leur fallut pour fondre.

La chaise à porteurs fut déposée sur le sol et les gens s'en rapprochèrent, tournoyant vers elle et autour d'elle comme s'ils étaient eux-mêmes des flocons de neige, rendant difficile à la femme qui se trouvait à l'intérieur d'ouvrir la porte, comme si un amoncellement de neige s'était aggloméré contre elle. Et tout le monde riait, avec l'animation de ceux qui découvrent soudain qu'il a neigé.

Un homme résistait au flot de la foule, ne témoignant aucun intérêt à l'arrivée de la chaise à porteurs. De toute évidence, il était seul et ne recherchait personne. Il avait une large panse qu'il portait sous un gilet de soie chinoise opalescente et, aux yeux d'Anna, il évoquait la forme d'un œuf dur sur lequel elle eût pu abaisser son regard au petit déjeuner, un œuf dur dans un coquetier couvert d'un petit cosy de soie chinoise. Il tenait, à la hauteur de l'épaule, une petite tasse de café et son unique préoccupation était de la protéger de la bousculade.

La main d'Anna, à son côté, retenait sa longue jupe. Mais elle attendit un moment encore dans la galerie. Dans la chaise à porteurs, la femme riait toujours à travers la portière, déplorant, par gestes, de ne pouvoir ouvrir non seulement la porte, mais son éventail, dont elle désirait visiblement se servir. Son visage était déjà rouge. Pendant ce temps, trouvant plus sûr de s'éloigner, l'homme à la panse gagna d'un pas mal assuré l'extrémité de la salle, où il trouva une place vide sur une banquette. Tenant sa tasse de café plus haut que jamais – en vérité au-dessus de sa tête –, il commença lentement de s'asseoir. Mais juste avant, de sa main libre, il fit le geste de remonter son pantalon, puis se rappela qu'il portait une culotte courte.

Anna descendit le grand escalier, sachant que Voltaire et Lady Hamilton l'attendaient en bas, dans la foule. Le bruit, les parfums, la chaleur même des peaux qui lui parvenaient étaient indubitablement du XXe siècle. Une caméra qui eût pris tout cela de l'endroit où elle se trouvait auparavant dans la galerie des musiciens n'eût pu capter un seul instant d'illusion. On n'eût pu que penser : Quel mauvais spectacle en costumes ! Quel peu de sens de l'époque ! Que c'est outré !

Elle toucha Lady Hamilton à l'épaule.

— Avez-vous vu la chaise à porteurs ? Non ?

Lady Hamilton scrutait du regard l'endroit indiqué par Anna dans la salle, dont la porte à deux battants identique à la première, à l'extrémité opposée, était restée tout le temps ouverte. Mais en bas, il était impossible de voir l'autre bout de la salle à cause de la foule. Anna craignit que Lady Hamilton n'en déduisît qu'elle avait regardé d'en haut.

— Où étiez-vous ? demanda précisément celle-ci.

Mais Anna disait déjà :

— Il y avait de la neige sur le toit.

— Il a dû neiger, dit Voltaire.

— Sans doute.

— Sans doute.

Il eût été possible de voir par-dessus les têtes des hommes parce que, ce soir-là, la plupart d'entre eux étaient rapetissés, leur taille presque réduite à la hauteur du cuir chevelu par des perruques plates et austères. Mais les femmes étaient, par voie de conséquence, de haute taille. Le volume de leur chevelure suggérait confusément un bal de fétichistes, comme si elles portaient des hauts talons sur la tête.

Il y eut des bruits de chaises et des raclements d'archets. De toute évidence, l'orchestre, qui n'utilisait pas la galerie des musiciens parce qu'il y eût été trop à l'étroit, avait repris sa place sur une estrade peu élevée d'un côté de la salle.

— La première neige de l'année, dit Voltaire.

— De n'importe quelle année.

— Oh ! non, répliqua-t-il, cherchant sa montre à son poignet, puis la tirant de sa poche, où il l'avait mise pour n'être pas coupable d'anachronisme, il n'est pas tout à fait...

Un mouvement de foule derrière eux emporta Anna pour la déposer à l'intérieur de la salle, où des gens qu'elle ne connaissait pas lui dirent qu'elle devait compléter leur groupe si elle ne voulait pas le déparer, exhortation qu'elle ne comprit que lorsque les raclements de l'orchestre se changèrent en une musique de facture écossaise.

Elle se mit à sautiller sur place, ce qui était tout ce qu'on attendait d'elle pour le moment.

Il devait, pensait Voltaire, dont la montre retardait peut-être dans sa poche, n'être pas loin de minuit. Sans doute était-ce cette approche qui, déjà, colorait la musique.

Anna ne pouvait se rappeler les figures, mais, supposait-elle, quelqu'un la préviendrait quand ce serait son tour d'aller se mettre au milieu, à moins que minuit ne survînt avant.

Une fois l'an, la cloche de minuit parlait avec un accent écossais.

Non seulement elle avait conscience d'avoir l'air absurde, mais il était absurde à elle de s'être jointe à eux. À vingt ans, elle eût fait la moue et refusé de se laisser entraîner.

Je déteste le Jour de l'An, dit la voix d'un homme qui les dépassa en dansant, dissimulant sous une expression joviale un sentiment sincère.

L'homme en face d'Anna, à la place qui correspondait à la sienne dans le rang opposé, portait un kilt, une veste de velours noir et un jabot de dentelle blanche sur la poitrine. Il était petit, son corps creusé par l'âge, et son *sporran*[1] faisait des bonds éperdus sur un rythme différent des bonds plus légers de son jabot.

L'absurdité d'Anna consistait à se conduire ainsi avec son visage et sa réaction à l'alcool qui étaient ceux de l'âge moyen. Le whisky qu'elle avait absorbé pur avait pour effet non pas de lui faire monter le cœur aux lèvres, mais, chose bien plus gênante, au sternum, à cet endroit qui semblait être un point précis en haut du sternum, au-dessus des seins.

La musique elle-même, qui, bien que traditionnelle, eût dû n'appartenir à aucune époque, lui semblait être indubitablement du XXe siècle, comme les personnages qui bondissaient, une fois de leur propre chef, et de nouveau dans la vision d'Anna, et trahissaient le bal.

Des doigts la poussèrent à lui faire mal et elle courut au centre de la salle pour ne pas décevoir une Pompadour inconnue qui attendait déjà, bredouille, à un rendez-vous. Les mains croisées très haut, elles tournaient autour d'une perche imaginaire, n'atteignant jamais tout à fait le point où elles eussent dû se trouver pour s'accorder à la musique. En réalité, c'étaient elles qui, avec leur haute

1. Bourse en peau brute que portent les Highlanders sur le devant du kilt. (*Toutes les notes sont de la traductrice.*)

coiffure et peu habituées à cet exercice, étaient de grandes perches.

Parmi les choses que l'on eût jugées outrées étaient les mouches. Elles eussent pu être déposées à profusion sur les visages féminins dans une tourmente de neige noire.

C'était maintenant le tour de deux autres femmes.

L'impression que devait éprouver chacune d'elles était sans doute identique à celle d'Anna : un sentiment de lassitude, d'absurdité, en prenant conscience d'un certain vieillissement, sentiment renforcé par l'approche d'une autre année. À la veille du Jour de l'An, tout le monde vieillit soudain d'une année, même ceux dont l'anniversaire est tombé le jour précédent. On se réunit, conclut Anna, en guise de consolation : on porte des costumes historiques pour repousser l'avancée de l'Histoire.

Un costume plus négligé eût dispensé une Marie-Antoinette prenant de l'âge de l'absurdité d'aller à son rendez-vous pour rencontrer une autre Marie-Antoinette vieillissante.

Supposons qu'à la visée de l'appareil photographique dans la galerie on ajoutât une bande sonore sur laquelle on aurait enregistré la conscience d'Anna. L'appareil aurait beaucoup de mal à la reconnaître entre ces femmes. Il lui faudrait descendre, s'approcher, interroger des visages, scruter cette mouche, explorer la chair flasque de la joue de cette Marie-Antoinette en train de sauter, insérer sa lentille dans la spirale de la boucle en tire-bouchon qui s'agitait au-dessus de ses tempes. Il lui faudrait glisser ici contre une coiffure ivre, s'insinuer là contre une épaulette. Il lui faudrait trébucher et se rétablir sur un talon. Elle commencerait à se fondre dans la chaleur dissolvante. Comme elle se pencherait pour rattraper une boucle d'oreille scintillante tombant en tournoyant, les joyaux perdraient leur translucidité et sa vision serait balayée par une rafale de mouches noires, détruites par la transpiration et s'amoncelant frénétiquement sur le parquet…

Cependant, elle recouvra son équilibre en regardant vers le mur opposé qui, elle le savait, bien qu'elle ne pût le voir, ne sautait pas avec les danseurs. Elle réussit à rajuster sa boucle d'oreille tout en sautant, se meurtrissant le lobe. Lorsque ses yeux se posèrent sur un point plus proche, elle s'aperçut que l'homme en costume écossais qui dansait en face d'elle était Rudy Blumenbaum.

— *Hullo !* Qui êtes-vous ? Le Gentil Prince Charlie ?

— Ti tum ti tum, répondit-il en riant très fort tout en tournoyant avec le rang et commençant à s'éloigner au trot.

Il était hors d'haleine. Quant à elle, des pulsations dans les oreilles la rendaient sourde.

— Je n'entends pas.

— Ti tum…

Avec son rang, elle fut entraînée dans un cercle : un serpent qui avait décidé de se dévorer lui-même. Elle vit la chemise écossaise de Rudy passer comme une traînée de pâte blanche jetée en travers d'une peinture sombre.

Elle savait que tout le monde, dans la salle, était en train de penser. La veille du Jour de l'An, il était impossible de ne pas songer à l'approche de la mort.

Le cercle se défit pour reprendre la ligne droite. Rudy reparut. Sa proximité était inattendue.

— Que disiez-vous ? Qui êtes-vous ?

— Je suis Rabbi Burns, cria-t-il, s'éloignant de nouveau et laissant derrière lui un hululement de rire judéo-écossais, un bruit de hibou, de cornemuse et de lugubre rituel.

Comme obéissant à cette association d'idées, l'orchestre s'interrompit, fit entendre trois accords sur les cordes pour conclure ce qu'il venait de jouer et, préludant par le roulement de tambour traditionnel, entama *Auld Lang Syne*[1]. Pendant un instant, certains des danseurs ne comprirent pas ou ne purent s'arrêter. Anna, elle, heureuse de cette pause, fut désolée de se trouver dans le mauvais rang, jusqu'à ce qu'elle se rappelât qu'après minuit c'était sans importance. Ses bras étaient douloureusement croisés devant elle dans le geste qui sied à un martyr. À sa droite, Rudy lui étreignait la main gauche, la secouant de haut en bas et lui enfonçant son alliance dans la chair. Un étranger masqué en costume noir lui tenait la main droite. Elle chantait sans connaître les paroles, gênée que ce soit en public : après la parodie du ballet, celle de l'opéra. Le chant, bruyant et désordonné, s'éteignit peu à peu. Personne ne connaissait les paroles. Les gens se mirent à s'embrasser, célébrant les seuls coups de minuit par an qui changent tout le monde en Cendrillon ou tentant d'en atténuer l'effet. Rudy s'était tourné vers la femme qui se trouvait de l'autre côté. Anna se souvint que c'était son épouse. Elle détourna les yeux et commença de s'éloigner des danseurs. L'homme masqué en costume noir se mit à l'embrasser, non pas conventionnellement,

1. Chanson du poète écossais Robert (Rabbie) Burns, auquel il est fait allusion dans le paragraphe précédent.

mais sur les lèvres, doucement, érotiquement, puis avec un voluptueux frémissement et une passion exploratrice.

Quand il la lâcha, elle resta devant lui, plongeant un regard intense dans les fentes du masque ménagées pour les yeux. Lequel masque n'avait pas été dérangé par ce baiser.

— Qui êtes-vous ?

— Je suis Don Juan. Qui êtes-vous ?

Elle continua de le dévisager intensément, malgré le mouvement des gens qui s'embrassaient maintenant autour d'eux avec plus de détachement, soufflaient dans des sifflets, formant de petits groupes de trois ou quatre personnes dansant à demi bras dessus, bras dessous.

— Qui êtes-vous ? répéta-t-il.

— Je serai en sûreté aussi longtemps que je ne vous le dirai pas.

— En sûreté ?

Une pluie de ballons se détacha du plafond. Un ballon vert tomba entre elle et Don Juan. Ils ne bougèrent ni l'un ni l'autre. Il les effleura tous deux, rebondit et, lentement, toucha le sol. Don Juan mit un instant son index sur l'arête de son nez pour s'assurer que son masque était bien en place.

— Je suis Donna Anna, dit-elle.

Elle mit sa main derrière sa tête pour assujettir le grand peigne espagnol et le court voile de dentelle noire qu'il y maintenait. Elle avait cousu une douzaine de sequins sur la dentelle et, en la touchant, elle les entendit tomber avec un léger cliquetis.

2

Dans les tableaux et les décorations baroques, les bébés semblent incarner toute la pure, suave et désirable joliesse sucrée. Peints, modelés, sculptés, angelots profanes ou chérubins presque entièrement profanés, cela ne faisait aucune différence et il y en avait des centaines dans cette maison. En vols délicats, ils s'élevaient jusqu'aux plafonds et se posaient partout où un socle ou un support leur était offert. C'étaient les esprits tutélaires de la maison.

Un groupe d'entre eux, de couleur presque orange, soutenait un nuage sur un médaillon de tapisserie ovale, parmi les fruits d'un verger de plâtre au plafond du hall. L'un d'eux abaissait sur vous un regard presque malveillant du bord d'un soffite lorsqu'on quittait la salle de bal. Si, imprudemment, vous leviez soudain les yeux, vous rencontriez son regard maléfique. Sur le mur du salon, trois autres en pourchassaient un quatrième dans un mystérieux dessein, voletant autour d'une demi-colonne en trompe-l'œil. L'ensemble, la colonne tronquée et les amours presque tronqués – il manquait à l'un d'entre eux le dernier centimètre d'un talon rapide à la course –, était un fragment rescapé d'une fresque détruite.

Dans la peinture à fresque, les bébés avaient le sucré des meringues avec leur derrière fouetté, mais fouetté comme du blanc d'œuf qu'on laisse ainsi, consistant, telle une motte en spirale. Ils représentaient l'idée que se fait un confiseur d'un oursin. Leur surface légèrement poudreuse suggérait qu'en la tapotant du doigt on pouvait les pulvériser. Et pourtant, la texture finement granuleuse de cette surface indiquait que la matière dont ils étaient composés avait l'élasticité du blanc d'œuf, qu'ils étaient entièrement formés d'une indestructible agglomération de bulles d'air. En d'autres parties de la maison, ils étaient faits soit de stuc, soit – comme l'énorme Cupidon qui surplombait le grand escalier – de bois, soit, à une moindre échelle, de porcelaine. En porcelaine, ils possédaient cette demi-transparence de l'albâtre que prend le sucre à peine humide. Celle-ci était suggestive : comme une demi-nudité, elle suggérait que quelque chose d'irrésistiblement désirable était sur le point d'être dissous sur le bout d'une langue.

Cependant, dans toutes les parties de la maison, lorsqu'on les observait en détail, ces bébés étaient hideux. Vue de près, leur légèreté était une négligence insouciante : un tour de main du sculpteur, une pression maladroite du pouce du mouleur, la simple tache d'un pinceau trop chargé.

C'étaient de vrais petits monstres.

Pis que terrestres, ils avaient pour joues des fesses rouges, leurs yeux étaient des points, ou sans expression, ou malicieux, et, faisant saillie, tantôt un nez collé, appliqué, et pas toujours centré, comme un nez crochu de carnaval, tantôt pas de nez du tout, simplement suggéré par la présence d'une grande et affreuse narine sombre et ourlée.

Anna savait, sans le regretter, que son visage appartenait à cette catégorie. Peut-être était-ce la raison pour laquelle elle se sentait la bienvenue dans cette maison, l'invitée qui s'harmonisait le mieux au décor. Ce fut presque un salut fraternel qu'elle fit en passant au monstrueux Cupidon dans sa niche au-dessus du grand escalier.

Son visage ne l'empêchait pas d'être une femme attrayante, pas plus que les leurs n'empêchaient les angelots décoratifs d'être décoratifs. Mais c'était, ou cela soulevait, une question de goût, une question de style. Quiconque projetait de nouer des relations intimes avec ce visage devait se demander s'il possédait un goût et si, le possédant, il était prêt à le développer. Cela exigeait de lui qu'il y abîmât ses sens, qu'il subît une accoutumance de plus en plus grande jusqu'à ce qu'il fût, en quelque sorte, endurci. Ce visage provoquait un plaisir voluptueux, mais le sensualiste devait d'abord observer une discipline ascétique. Il devait s'aguerrir pour arriver à tolérer un visage tragique, dont le tragique résidait dans ces traits de bébé à demi formés qui, ébauchés séparément, puis fortement comprimés, avaient finalement glissé ou été tordus de côté par rapport au visage, donnant à celui-ci un aspect baroque immortel dont la maussaderie produirait jusqu'à l'âge moyen l'impression d'être et nouveau-né et contrefait.

Anna, qui avait depuis longtemps acquiescé à son visage, pouvait le tolérer, le chérir sans pitié ni plaidoyer spécial. Elle savait qu'aux yeux de l'amour sa joliesse gâtée offrait des suggestions légères, mais renouvelées, d'érotisme, comme l'idée d'une nonne défroquée. Aux yeux de l'amour de soi, c'est-à-dire de son miroir, elle avait trouvé sa complexité rococo infiniment intéressante. Un beau visage peut amener l'esprit qui le contemple à un rêve éveillé si dépourvu d'entraves qu'il confine au sommeil. Le visage d'Anna, comme l'un de ces lézards qualifiés de monstres, vous eût éveillé en sursaut si vous aviez été endormi, tant il contredisait de façon flagrante toute satisfaction de rêve. Et c'était pourtant à l'imagination qu'il s'adressait : c'était aussi bien un essor de l'imagination qu'une guirlande d'angelots supportant un nuage. Le mot qu'il rappelait constamment à l'esprit était *fantastique*.

Elle était particulièrement en sympathie avec son visage lorsqu'elle le fardait. Elle sympathisait avec son reflet, non pas avec la sympathie d'une thérapeute et le sentiment que ce visage désavantagé avait besoin d'être recréé avec soin avant de pouvoir se montrer avec un semblant d'égalité parmi ses congénères, mais plutôt avec la sympathie du praticien habile à composer avec la nature organique de son sujet, son grain de peau, les accidents dont on peut tirer parti. Lorsqu'elle s'enfuit de la salle de bal, elle prit pour excuse le dommage que la danse et la boisson avaient causé à son visage. Mais ce n'était là qu'une excuse, et non une raison. Ce n'était pas son visage qui se hâtait vers le maquillage réparateur, mais Anna qui courait vers son refuge favori, pour trouver la communion, la stimulation, la recréation dans le reflet de son visage.

Elle ne pouvait rechercher cette communion dans la salle encombrée du premier étage qui avait été réservée aux invitées et où, dans l'un des trumeaux placés pour la soirée en deux rangées opposées comme une haie lors d'un mariage, il lui eût fallu contempler son visage surgi de façon vulgaire ou surréaliste au-dessus des épaules nues d'une autre. Elle ne se plongea dans la chaleur, l'odeur de la poudre de riz, le caquetage pareil à un bruit simultané de coquilles de noix qu'on laisse tomber et que l'on écrase sur le plancher, que le temps de retrouver le nécessaire à maquillage qu'elle y avait déposé. Puis elle se fraya de nouveau un chemin hors de la pièce entre les dos nus et chauds évoquant des chevaux fumants dans leur écurie après une course. Certains, tandis qu'on la reconnaissait dans les miroirs, répondaient à son passage comme la chair d'un animal répond à une paume qu'il connaît. Une fois dans le couloir, elle traversa une autre foule, moins dense et moins nue parce qu'elle se composait d'hommes et de femmes. Ayant sur les autres l'avantage de connaître la maison, elle s'éleva au-dessus de la foule, montant jusqu'au second étage un escalier dont les marches étaient plus hautes, plus étroites et faites d'un bois plus ordinaire. Elle s'éloignait pas à pas du bruit de la réception, portant sa mallette rigide comme si elle allait à un pique-nique solitaire sur le toit enneigé, gravissant deux étages, soit quatre paliers, jusqu'à la chambre à coucher de son hôtesse. (Qu'il fallait être riche, au XXe siècle, pour dormir dans les appartements des domestiques d'une maison du XVIIIe siècle !)

Elle ouvrit doucement la porte au cas où quelqu'un serait là, mais la pièce était noire. Elle la laissa dans l'obscurité tandis qu'elle entrait, de crainte que la lumière, visible du couloir, ne signalât à quelque invité en train d'explorer le haut de la maison ou égaré là que c'était une chambre dans laquelle il pouvait entrer. La porte refermée, toute trace de bruit avait été coupée net. Dans la pénombre, Anna se trouva enveloppée dans la chaleur du chauffage central, si sèche qu'elle indiquait clairement qu'il n'y avait pas d'autre être humain dans la chambre, dans l'atmosphère capitonnée que l'on pouvait sentir dès qu'on y pénétrait et dans sa certitude d'y être toujours la bienvenue.

Elle fit de la lumière et le petit chat siamois, au milieu du lit blanc, dressa la tête, la secoua – si violemment que ses oreilles produisirent en miniature le crissement des ailes d'un cygne – et se rendormit.

La pièce entière était blanche, une chambre de neige, un igloo, mais chaud.

Ne possédant pas de sens à elle, la pièce ne pouvait s'insinuer en Anna ; elle ne pouvait que lui permettre d'y pénétrer, se refermant autour d'elle lorsqu'elle était entrée, l'accueillant là dans la parfaite homogénéité de leur style à toutes deux. Comme s'il existait entre elle et Anna une ressemblance génétique, une même lignée, comme si elle était le sein dans lequel, chérubin nouveau-né au début de la quarantaine, elle pouvait toujours se réfugier avec la certitude d'être la bienvenue.

Cette réceptivité était, bien entendu, l'image en bas-relief qu'y avaient imprimée les sens de la femme qui l'avait créée, entre laquelle et Anna, ainsi que cette dernière le savait depuis longtemps, le lien était celui d'une mère à une fille adoptive : la femme au début de la cinquantaine, mère adoptive de la femme au début de la quarantaine.

De fait, l'hôtesse d'Anna, qui avait créé pour elle-même cette chambre blanche, était la moins virginale des femmes, la moins virginale, mais la plus matrimoniale : elle s'était mariée quatre fois. Et ce n'était que dans son quatrième foyer qu'elle avait donné libre cours à son engouement pour le blanc, au point d'en recouvrir toute sa chambre avec un excès de pureté satinée si outrée qu'elle n'était nullement pure, mais tapageuse, sensuelle, aussi effrontée que du lilas blanc.

La fortune de son mari lui ayant procuré un simple petit cube en guise de distraction, en raison inverse de l'enfant à qui l'on donne un jeu de cubes pour s'amuser, la joueuse, placée à l'intérieur de ce cube évidé, s'était ingénieusement mise en devoir de l'arrondir, peut-être parce que c'était elle-même une petite femme toute ronde, peut-être pour marquer le changement d'état du cube : chambre utilitaire de servante transformée en chambre à coucher de la maîtresse de céans, peut-être par pure perversité et disposition pour le rococo. Des murs droits, elle avait fait des rondeurs en les tendant de quelque somptueuse peluche blanche qui ne ressemblait à rien d'aussi simple que du papier, bien que cela eût pu en être, mais tel que les riches le comprennent. Le tapis blanc était recouvert de carpettes rondes, également blanches, mais d'une texture plus profonde. La table de toilette incurvée était capitonnée de blanc, ainsi que le lit et son dosseret. Le lit, adoptant la forme de sa maîtresse, était ovale et, peut-être pour cette raison, de taille ambiguë. Était-il à une ou à deux places ? Le mystère des mariages riches… c'étaient toujours des chambres séparées. Anna n'eût pas pénétré dans la pièce avec autant d'assurance si elle avait été également la chambre de son hôte.

Parfois, poursuivant comme une fantaisie sa perception psychologique, Anna se demandait si elle eût pu être l'enfant du mari de sa mère adoptive, ou de l'un des deux. Mais elle semblait n'avoir aucune ressemblance ni avec l'un ni avec l'autre. Et eux, de fait, paraissaient n'avoir entre eux aucun trait commun, sauf la fortune. Dans cette amitié adoptive, Anna était pleinement la fille de sa mère.

L'adoption était parfois renforcée par le fait que, par hasard, sa mère et elle avaient le même prénom : Anne. La plus jeune avait poliment cédé son nom et pris celui d'Anna (ce qui lui avait suggéré de devenir, pour le bal, Donna Anna). Elle n'était pas Anna en n'importe quelle compagnie, mais seulement pour la commodité de ceux qui les connaissaient toutes deux, ce qui comprenait d'office le mari d'Anne, qui n'était ni réceptif ni antagoniste à l'égard d'Anna, mais la traitait moins comme une personne que comme un faible de sa femme. Anne n'épousait que des hommes indulgents à ses faiblesses. Après avoir annoncé ses fiançailles avec sa quatrième fortune, elle avait dit à Anna : « Ma chère, vous me regardez d'un air cynique. Je crois que vous pensez à moi comme à quelqu'un qui n'a pas bien aimé, mais aimé trop judicieusement. » Tous ses maris avaient flatté son ambition d'avoir une chambre entièrement blanche, et si cette réalisation avait été retardée jusqu'à une date récente, ce devait être à cause d'inhibitions d'ordre émotionnel et non économique.

On avait fait de la pièce, achevée sous le quatrième régime, un cadre à ornements – dont Anna faisait peut-être partie –, ornements rassemblés avec ferveur sous les précédents régimes. La blancheur alpestre était coupée par des taches de couleur, des fioritures de confiseur, parfois peu naturelles et souvent antinaturelles dans leur extravagance héraldique ou tropicale. Au-dessus du lit, la moitié d'une ombrelle chinoise ouverte, dont les baleines étaient solidifiées dans le cuivre et la soie dans l'émail irisé, procurait à son occupante ou ses occupants une protection fantaisiste contre des intempéries fantaisistes. Un cartouche doré, en rococo allemand, dont toutes les pointes éclataient comme des bourgeons de feuillage, s'épanouissait pour finir en vagues figées sur un mur d'une placide blancheur. Deux têtes de chérubins s'entretenaient en secret sous une corniche. Un battement d'ailes au-dessous d'elles évoquait un geste habituel à la conversation qui eût pu être fait par une main derrière laquelle ils murmuraient. Du manteau de la cheminée émergeait un piédestal de porcelaine blanc et or qui était à la fois une coquille de mer, un pied de mollusque et une île exotique sur laquelle un berger de Chelsea enseignait la flûte à une bergère de Chelsea à jamais inaccessible aux deux arts qu'il tentait de lui apprendre. Elle était assise sans expression, un agneau sur les genoux et les bras de son professeur autour de son cou, tandis que, derrière le groupe, une épine d'un vert organique s'épanouissait en petits bouquets de chou-fleur marbrés qui faisaient penser à de la cervelle.

Des surfaces blanches brillantes de la pièce, l'œil semblait continuellement glisser sur le côté, puis vers le bas, comme si l'on vous fermait les paupières et que votre corps s'affaissât sur le parquet ou le lit en un délicieux évanouissement qui était une demi-paresse. Toute la pièce luttait contre sa propre gravitation, s'inclinant et ployant sous son propre poids comme sous une brassée de lilas. Anna, debout au milieu du décor, se vit dans le miroir de son hôtesse, la tête et la plus grande partie des jambes retranchées. Une vue de milieu de sa verticalité montrait surtout sa robe noire, bien qu'elle comprît le haut de ses bras pâles, aussi minces que le corps d'un phasme, et la structure de ses épaules nues, ainsi que ses clavicules, où deux larges bretelles noires retenaient sa robe. Dans la blancheur, cela faisait une photographie d'un trop grand contraste. Seul le chat siamois sur le lit, derrière elle, formait une transition entre les tons, un petit paquet qui avait la couleur de la neige souillée dans la rue.

Sans toucher le chat ni lui parler, sans même le regarder vraiment, bien qu'elle eût conscience de sa présence, comme s'il avait été l'idole d'un temple non pas simplement acquise, mais sérieusement invoquée par son amie dans la solitude, Anna dépassa le lit et entra dans la petite salle de bains où elle se passa sur la figure de la crème puisée dans le pot de cold cream d'Anne, l'essuya avec du papier à démaquiller d'Anne, l'aspergea avec de l'eau dans le lavabo d'Anne, coquille moderne en imitation rococo avec un seul robinet mélangeur, et s'essuya sur l'une des serviettes blanches d'Anne.

Elle revint dans la chambre à coucher et ouvrit son petit nécessaire sur le lit, provoquant sans le vouloir sur la surface recouverte d'un couvre-pied une déclivité dans laquelle le chaton, offensé, fut précipité. Elle étala ses pots et ses flacons sur la table de toilette, poussant de côté la minuscule tabatière qu'Anne gardait là pour des épingles, et s'assit dans le fauteuil blanc capitonné, le traînant jusqu'à la table de toilette, de sorte que seul son visage s'encadra dans le miroir.

Très rapidement, elle appliqua le fond de teint avec de longues mains d'une évidente compétence et beaucoup trop osseuses, comme la main de la mort dans un macabre paysage de tombeaux de marbre, mais avec des ongles rose vif.

Elle se rejeta en arrière, attendant que le fond de teint eût pris, et abaissa ses paupières de façon à ne pas en gâter l'égalité de la surface. Quand la peau commença de picoter, elle cligna des paupières avec précaution et se pencha en avant pour s'assurer dans l'image renvoyée par le miroir que celle-ci et ce qu'elle y avait appliqué s'étaient parfaitement fondus et que son visage était prêt à recevoir ses soins.

Elle s'assit devant ce dernier comme un peintre devant la toile vierge, comme un potier devant une porcelaine sans couverte, comme un doreur devant le bois sur lequel l'enduit de plâtre a été étendu. Elle agissait sans hâte, sans excitation, presque sans pensées, avec le quasi-automatisme de l'artiste et l'assujettissement de son esprit à son art.

À son regard sans passion de praticienne, son visage répondit par un regard fixe. Au centre du miroir du XVIIIe, il faisait une moue du même style que le cadre rococo. Des poches sous les yeux, gonflées comme des profils de chérubins, semblaient prolonger le capitonnage de la table de toilette jusqu'au visage. Le nez d'Anna, triangulaire et tronqué comme le nez – ou plutôt le chapeau, ou le personnage tout entier – d'un Chinois dans un dessin chinois, ne servait qu'à retenir la chair, pour un moment central, après quoi il formait un bourrelet de chaque côté avec la surface lisse de la cire autour de l'empreinte d'un cachet jusqu'à ce qu'il se rassemblât de nouveau, se fronçant pour former la bouche, qui retombait de façon asymétrique, petite, profonde : un bouton de rose, mais meurtri.

Avec beaucoup de soin, presque machinalement, Anna choisit parmi ses petites boîtes en forme de disques, tellement plus petites que la boîte à épingles d'Anne, celle qui contenait l'argent et la turquoise. Elle désirait une suggestion métallique et, en même temps, de patine, mais pas d'une patine complètement opaque et sans éclat. Au métal, elle voulait allier la porcelaine ; de fait, elle voulait du lustre, et c'était cela que devait produire l'ingrédient argenté. Mais elle ne voulait pas abolir la transparence de la porcelaine et, en choisissant une couleur qui contenait du bleu, elle entendait capter cette sorte d'éclat de la céramique bleue qui présente, dans le ton des parties ombreuses du lait, la teinte bleue de la chair au-dessus d'une veine.

Après avoir fait pivoter le couvercle de la boîte, disque qui tournait autour d'un disque, elle appliqua le bout charnu de son petit doigt sur la pâte à ombrer, transféra ce qu'elle en avait prélevé sur sa paupière, pressa, puis souleva son doigt aussi délicatement qu'une feuille d'or qui a déchargé sa quote-part de ce métal. Se rappelant le degré de la pression qu'elle avait exercée sur la pâte à ombrer et sur sa paupière, elle la reproduisit sur l'autre œil. Dans la glace, elle observa attentivement, d'abord une paupière fermée, puis l'autre. Elle leur avait donné un tel air de transparence qu'elles paraissaient avoir la couleur de ses propres iris vus à travers ses paupières.

Anna déboucha un flacon de liquide d'un gris crayeux, prit le plus fin de ses pinceaux et commença de tracer une ligne grise le long de sa paupière au-dessus des cils, observant qu'elle devait être physiquement détendue, puisque la peau acceptait le pinceau au lieu de se plisser devant lui comme l'eau devant la proue. La porte de la chambre s'ouvrit avec un bruit amorti par le capitonnage intérieur. Anna aperçut, dans un angle de la glace, un pli de lamé or et Anne dit :

— Ma chérie, vous êtes montée jusque-là !

— Je me suis sauvée.

— Moi aussi. Quel plaisir de vous voir !

Elle effleura d'un baiser les cheveux d'Anna.

Anna posa son pinceau et se retourna pour regarder la femme courte et replète ondulant en lamé or derrière la chaise.

— Je ne vous ai pas vue de toute la soirée. On ne voit jamais la maîtresse de maison, je suppose. Comment allez-vous et, à propos, qui êtes-vous ?

— Ne savez-vous pas la nouvelle ? La reine Anne est morte.

Anna la contempla.

— La reine Anne. D'où cet or royal.

— Voilà. Je suis contente qu'il soit royal. J'avais d'abord pensé à du velours violet. Puis je me suis dit : non, pas pour moi. Quant au blanc, on croirait que je me marie de nouveau.

— Mais ce n'est pas le cas ?

— Anna, n'essayez pas d'être inconvenante.

Anna se mit à rire. Il lui vint à l'esprit que l'essence de la ressemblance de son amie avec la reine et celle de la reine avec son rôle était que toutes deux ressemblaient à un solide orbe d'or. Vous pouviez vous sentir en évaluer le poids dans votre paume.

— J'ai usurpé votre table de toilette, dit Anna d'un ton d'excuse, faisant le geste de se lever.

Anne la fit se rasseoir en lui tapotant l'épaule.

— Continuez à farder votre joli visage. Le mien n'est pas réparable.

Anna se tourna de nouveau vers le miroir.

— Mon joli visage ? dit-elle en l'examinant, cherchant son pinceau à tâtons. La tête d'un chien de salon de mauvaise humeur sur le point d'éternuer.

— Oh ! ma chérie, protesta Anne, mais en riant.

Anna dévissa un étui strié et, avec un bâtonnet cerclé de métal, se mit à appliquer du khôl et se tourna de côté de façon à voir dans la glace la prise de contact de celui-ci avec ses cils.

Anne s'assit sur le lit, faisant une autre déclivité, plus profonde, dans laquelle le chaton roula, incapable de retrouver l'équilibre. Elle le prit et le tint, sa joue contre la sienne, puis elle l'emporta et, derrière le fauteuil d'Anna, dit :

— Voici mon chat de salon de mauvaise humeur.

Très haut au-dessus de l'épaule d'Anna, le chaton se regardait fixement dans la glace. Avec un regard parallèle, Anna observait son visage. Pendant quelques secondes, il y eut une compétition de narcissisme. Puis Anna se rendit et, de son propre reflet, reporta son regard sur celui du petit chat, qui continuait de se regarder fixement.

— Comment a-t-on jamais pu supposer, demanda Anne, que les yeux bleus sont signe d'honnêteté et de franchise ?

— Ne l'aimez-vous pas ?

— Je le respecte.

Tous trois contemplèrent en silence l'image du chat.

Tout à coup, l'animal émit trois sons monstrueux, assez semblables à un croassement, ouvrant la bouche toute grande avec chaque son, plus comme un oisillon que comme un chat, et sans s'arrêter pour reprendre haleine.

Anne le remporta jusqu'au lit, où il s'installa sur ses genoux.

— Je sais, dit-elle, que vous êtes Donna Anna. Quelqu'un me l'a dit. Bien entendu, je savais que ce serait quelque chose de Mozart.

— Mm... dit Anna, la bouche tordue et comme bâillonnée dans son effort de précision tandis qu'elle se mettait du khôl sur les cils.

— Vous avez entendu la plaisanterie de Rudy ?

— Mm.

Revenant à son sujet, Anne dit :

— Votre visage n'a rien du chien de salon, c'est plutôt celui d'un chérubin.

Sans ciller et à dessein, Anna garda les yeux écarquillés pour donner au khôl le temps de sécher. Remettant le bâton dans son étui, elle dit :

— Alors, c'est peut-être en Chérubin que j'aurais dû me déguiser.

— Oh ! ma chérie, vous auriez dû, pour montrer vos jolies jambes.

— Osseuses, dit Anna. Il est indécent de révéler une si grande partie de son squelette quand on est encore vivant.

— Si vous pouviez savoir ce que c'est qu'être enterré vivant dans une tombe de chair ! dit Anne. Si vous saviez combien je vous envie votre ligne !

Parmi les étuis longs et minces, Anna prit un bâton de rouge à lèvres dont elle tira le couvercle et le tint en l'air avant de s'en servir, dans le geste d'avertissement de l'index de saint Jean-Baptiste.

— Ce n'est pas vrai. Vous savez que la vôtre est bien plus séduisante au lit.

— Ma chérie ! dit Anne avec désespoir.

Elle fit un support de ses deux mains jointes, les glissa sous le chat couché en rond sur ses genoux et avec précaution, comme la plus lente et la plus douce des grues, le souleva, puis l'enleva dans les airs et le déposa sans heurt sur le lit. Mais le chat se dressa d'un bond, se secoua et se retourna complètement avant de reprendre la position exacte qu'Anne lui avait fait prendre initialement.

— Vous êtes aussi perverse que ce chat, reprit Anne. Quelle est votre humeur, ce soir ? Morbide ? Cynique ?

Hésitante, le bâton de rouge aux lèvres, Anna répondit :

— Je me défie de ce soir.

— Oui, la nouvelle année. Ces Jours de l'An sont odieux.

Avec un bâton de rose émail, Anna délimita avec précision le bord involuté de la moitié gauche de sa lèvre supérieure. Commençant par l'extérieur de la droite, elle rejoignit l'autre ligne. Elle acheva de colorer toute la lèvre, égalisa la couleur avec un papier à démaquiller et, ayant créé une demi-rose d'émail, s'arrêta pour demander :

— Si vous détestez tant le Jour de l'An, pourquoi le célébrer ?

— Ce n'est pas moi, ma chérie. C'est Tom-Tom.

Anna colora sa lèvre inférieure en une courbe accentuée.

— Ma chérie, aime-t-il vraiment qu'on lui donne ce nom absurde ?

— Ma chérie, c'est le contraire qui le rend furieux.

Anna se poudra le visage, recouvrant ses lèvres fraîchement peintes, qu'elle raviva au bout d'un instant en employant de nouveau le bâton de rouge, cette fois comme un chasse-neige. Sur ses joues, elle égalisa la poudre avec une brosse à cheveux de bébé.

— Là, c'est fini, dit-elle.

Puis, après s'être essuyé les doigts sur un papier à démaquiller, tel un prêtre après la communion, elle remit pêle-mêle tout son attirail dans son nécessaire, comme un médecin ou un amuseur d'enfants après une visite, et replaça la tabatière d'Anne au milieu de la table de toilette. Sa main s'immobilisa, puis retourna à la tabatière et s'en saisit. Anna se leva, libérant le fauteuil qu'elle offrit à Anne tout en examinant avec attention le couvercle fleuri de la tabatière.

— C'est une jolie chose.

— Oui, dit Anne en se levant du lit.

— Pourtant, voyez-vous, reprit Anna, reposant de nouveau la tabatière, toute cette porcelaine du XVIIIe fait un peu penser à un…

— À un quoi ? demanda Anne, s'asseyant lourdement dans le fauteuil laissé vacant, comme une grosse Italienne qui prend son tour dans une boutique de coiffeur.

— À un pot de chambre, dit Anna.

— Quelle humeur ! Mais quelle humeur ! dit Anne.

— Je suis furieuse contre moi.

Ces mots étaient prononcés d'une voix creuse qui rappelait une vague qui se retire à marée basse et le froid que l'on éprouve après avoir nagé.

— Qu'avez-vous fait ?

— Je vous l'ai dit. Je me suis sauvée.

— De quoi ?

— Oh ! des implications d'être Donna Anna.

— Mais, dit Anne, s'appuyant au dossier de son fauteuil, je ne vous comprends pas. Qu'est-ce qui vous a obligée à être Donna Anna ?

— Oh ! pauvres de nous, dit Anna, faisant le tour du lit pour marcher un peu, nous n'avons aucune psychologie, ma chère, nous n'avons que des échappatoires et des exigences. Une femme pauvre a toujours une robe noire. On se travestit donc en orpheline.

— Vous n'êtes pas pauvre.

— Non, bien sûr. Mais vous êtes riche, vous.

— Que vous me paraissez hostile, ce soir !

— Chère Anne ! Chère Anne ! s'écria Anna, se laissant tomber en avant sur le lit et dérangeant de nouveau le chat. Je suis désolée, Anne, ma chérie. Et aussi d'avoir dérangé votre chat. Mais, voyez-vous, il faut toujours que je me mette en garde contre vous.

— Que vous vous mettiez en garde, ma chère enfant ?

— Quand je suis ici, je pourrais presque croire que c'est *ma* chambre, comme si j'étais aussi riche que vous. Non, ce n'est pas cela. Mais il y a quelque part un conflit d'intérêts… ou s'il devait en surgir un… ou s'il survenait un moment critique…

— Eh bien ? demanda Anne d'un ton ferme.

— Oh ! vous m'expulserez un jour de votre igloo, dit Anna. N'allez-vous pas vous maquiller ?

— Le dommage n'est pas réparable, je vous assure. Ce n'est pas pour ça que je suis venue. Je n'aurai jamais envie de vous expulser, croyez-le.

— Pourquoi donc êtes-vous venue ?

La main potelée d'Anne, ironiquement furtive, ouvrit l'un des tiroirs de la table de toilette, s'y glissa et en sortit refermée sur une demi-douzaine de ces coûteuses pastilles de menthe qu'elle achetait en paquets dans un café de Wigmore Street.

Elle fit le geste d'en jeter une à Anna, qui secoua la tête. Anne la mit dans sa bouche.

— Ma chérie, dit Anna, vos vices eux-mêmes sont blancs, et si coûteux !

Tandis qu'Anne suçait son bonbon, l'odeur de la menthe se glissa dans la pièce et y resta suspendue, aussi palpable qu'une draperie, forte, pénétrante. Le nez suggérait irrésistiblement à l'œil que la pièce tendue de blanc devait être un berceau de menthe en fleur comme le berceau d'épine noire derrière les maisons rustiques de Chelsea.

— Menthe était une nymphe.

— Moi, dit Anne, mettant un autre bonbon dans sa bouche, je suis rien moins qu'une nymphe. À propos, avez-vous remarqué que vous et moi avons choisi un personnage de notre vrai nom ? Qu'est-ce que cela signifie ? Que nous sommes honnêtes ? Que nous sommes opposées aux déguisements ?

— Non, le contraire. Nous répugnons à nous révéler. Nous ne voulons pas trahir nos rêves éveillés.

— Les gens viennent-ils donc à des bals travestis pour exprimer leurs rêves éveillés ?

— Pourquoi l'homme le moins spirituel du monde se déguiserait-il en Voltaire ? Et la femme la moins susceptible du monde de commettre un adultère en Lady Hamilton ?

Riant, protestant et salivant, Anne dit :

— Bon, deux exemples, mais on ne peut fonder une théorie sur deux exemples. Et Rudy ?

— Rudy lui-même aimerait être un poète.

— Eh bien… peut-être.

Anne avala son bonbon et en prit un autre.

— J'ai la conviction que les banquiers le souhaiteraient souvent. Je ne connais pas beaucoup de banquiers.

— Non, attendez, dit Anne, parlant très vite en finissant de sucer son bonbon, je peux réfuter votre argument : Marie-Antoinette.

Elle avala le bonbon et ajouta :

— Ce soir, il y a au moins cinq Marie-Antoinette dans la maison.

— Toutes les femmes ont envie d'avoir la tête tranchée, dit Anna. Ne le saviez-vous pas ?

Les mains d'Anne, vidées de tous les bonbons, retombèrent de chaque côté de son fauteuil. Le geste entendait exprimer qu'elle abandonnait la partie, mais il lui fit sentir à quel point elle était fatiguée. Elle repoussa ses souliers, étendit les jambes, puis, comme un sculpteur qui décide des points de support pour une figure, elle s'installa, les talons appuyés contre le parquet et la tête reposant contre le fauteuil. Les yeux fermés, elle dit d'une voix ensommeillée :

— Il faut retourner vers les invités. On me réclame en bas, comme si je sentais que quelque chose se passe dans la cuisine.

— Laissez bouillir la marmite, dit Anna, immobile sur le lit.

— Non, vraiment…

— Bien, allons.

Elles ne bougèrent ni l'une ni l'autre. Le seul bruit était la respiration du petit chat qui, filtrée à travers la fourrure, faisait un sifflement ténu, comme le vent nocturne dans un mélodrame.

— Tout de même, je ne crois pas que vous ayez envie d'avoir la tête tranchée, dit Anne sans ouvrir les yeux, même si vous le méritiez. Mais le diable m'emporte si je vois ce que vous désirez.

Anna ne répondit pas, et Anne reprit :

— Ce que vous désirez, veux-je dire, en tant que Donna Anna. J'ai la certitude que c'est la clé de votre humeur de ce soir. Être séduite par Don Juan ?

Au bout d'un certain temps, Anna dit avec circonspection :

— J'ai rencontré un Don Juan.

— Vraiment ? Y en a-t-il un ici ?

Anne ouvrit les yeux comme s'il eût pu être dans sa chambre.

— Je n'ai pas vu la moitié des invités. C'est une raison de plus pour retourner vers eux. Je n'en connais probablement pas la moitié. Parmi eux, il y en a tant qui sont les amis de Tom-Tom…

Puis, reprenant le fil de ses pensées :

— Est-ce Don Juan que vous avez fui ? Ou votre destin ?

— Mais quel est le destin de Donna Anna ? demanda paresseusement Anna.

— Eh bien, d'être séduite par Don Juan.

— Et l'est-elle ? insista Anna sans conviction.

— Ma chérie, dans la scène I du premier acte, la femme sort en trébuchant de la maison au milieu de la nuit, tentant de l'empêcher de s'enfuir avant qu'elle ne puisse le démasquer et criant au meurtre, ou plutôt au viol...

— Mais a-t-il réussi ? demanda Anna sans permettre à sa voix de traduire le moindre intérêt pour le dénouement, ou n'a-t-il fait qu'essayer ?

— Eh bien, j'ai toujours présumé...

Anne s'arrêta court, puis poursuivit :

— Bien entendu, elle dit que ce n'était qu'une tentative, mais il lui fallait bien le dire, n'est-ce pas ? Je veux dire que cela se passait au XVIIIe siècle. Son honneur et son rabat-joie de fiancé devaient être pris en considération. Et la pauvre fille était espagnole...

— Même en ce cas, dit Anna, cela n'écarte pas absolument le fait qu'elle dit peut-être la vérité.

— Je crois qu'on attend de l'auditoire qu'il suppose...

— Comment l'auditoire peut-il en juger ? Quoi qu'il arrive, cela se passe avant que le rideau ne se lève.

— On ne saurait s'attendre à ce que cela se passe sur la scène, dit Anne.

— Ce qui revient à présumer que cela est arrivé, dit Anna.

Toutes deux se mirent à rire, puis gardèrent le silence.

Au bout d'un instant, Anne murmura, enchantée à cette idée :

— Si l'on écoutait très attentivement la musique de l'ouverture, on saisirait la description de ce qui se passe juste avant le lever du rideau.

— Ah, si seulement l'on pouvait, à cet égard, *lire* la musique ! s'écria Anna, se mettant sur pied d'un bond et faisant peur au chat. Allons, Anne, retournez à vos invités.

— Ira, n'ira pas, dit Anne, toujours étendue dans le fauteuil.

— Non, réellement...

Anne commença de se lever et s'introduisit en grognant dans ses souliers.

— Vous donnez un bal, dit Anna. L'occasion est trop belle pour la renvoyer[1].

— Jolie chose à dire, s'écria Anne, suivant Anna vers la porte. Puis-je rapporter à Tom-Tom que vous l'avez dite ?

— Sérieusement, ma chérie, demanda de nouveau Anna, aime-t-il vraiment qu'on l'appelle ainsi ?

— Ma chérie, je vais vous dire...

Anne décida de refermer la porte. D'un air secret, elle attira Anna jusqu'au sein blanc de la pièce et poursuivit :

— Écoutez, ma petite chérie. Croyez-vous qu'il y ait des intimités de la vie conjugale qu'on ne doive pas révéler, même à sa meilleure amie ?

— Non, certainement pas, alors que, de toute évidence, vous vous proposez d'en révéler une.

---

1. Il y a là un jeu de mots sur « bal » et « balle » qui, en anglais, sont identiques.

— Eh bien, écoutez.

Anne lui fit face :

— Il *est* Tom-Tom[1].

Elle scruta presque anxieusement le visage d'Anna et ajouta :

— Je suis Tum-Tum[1].

Anna regarda son amie avec des yeux écarquillés d'horreur avant de se mettre à rire nerveusement. Anne, elle aussi, se mit à rire. Tout en riant, elles éteignirent la lumière à tâtons, ouvrirent la porte et se trouvèrent dans le couloir, où montaient, assourdi, le bruit traînant de la danse et des conversations au-dessous, ainsi que la petite musique de l'orchestre. Anne referma la porte de sa chambre et, pendant ce temps, bien que riant toujours, Anna pensa avec une tristesse aiguë et voluptueuse née de l'expérience que le parfum de menthe qui se trouvait maintenant emprisonné dans la pièce obscure irait bientôt s'amenuisant, puis disparaîtrait, comme un cadavre enseveli, comme les fruits dans un jardin dont le propriétaire est parti après avoir fermé la grille.

---

1. Tom est un diminutif de Thomas. Tom-Tom équivaut à Tommie, mais est plus amusant et généralement appliqué à un enfant. Anne n'est appelée Tum-Tum par son mari que dans l'intimité de la chambre conjugale et les deux surnoms sont une allusion à l'obésité des deux époux.

3

Descendant le grand escalier au côté d'Anne, majestueuse, Anna distingua, dans la foule au-dessous, le gros homme bizarre qui, lorsqu'on le regardait d'en haut, ainsi qu'Anna semblait toujours le faire, ressemblait à un œuf dur. Il était toujours seul, et plus seul que jamais, puisqu'il n'avait même plus sa tasse de café. Pourtant, il avait encore l'air de protéger quelque chose : son gilet opalescent, peut-être, ou sa panse, ou son sentiment d'être lui-même.

Le temps de descendre deux marches, Anna laissa ses yeux errer au hasard parmi la foule. Elle eut l'impression de se trouver dans une gare, avec l'illusion que c'était la foule qui défilait près de lui tandis qu'il demeurait immobile, cherchant toujours à se protéger.

Palpitant avec les petits serpentins de foule qui s'agitaient autour de l'homme, le regard d'Anna fut attiré vers quelqu'un d'autre, ou quelque chose d'autre : elle entrevit un éclair de costume noir. Elle ne lui permit pas d'imprimer dans sa vision plus qu'une traînée impressionniste. Détournant les yeux et jugulant brusquement cette vision, elle trébucha légèrement contre une chaise.

Elle tenta de se raccrocher au bras d'Anne, mais recouvra son équilibre avant de le saisir.

Mais elle avait déjà dit très vite, en guise d'excuse ou maudissant un peu sa maladresse :

— J'aurais dû me déguiser en Chérubin, après tout. Dans l'escalier, c'est plus commode qu'une jupe.

Anne, poursuivant son avance – pareille à un flot d'épais sirop de lamé or – et attentive à dominer la résistance de sa propre jupe, comme si, avec détermination, elle pataugeait dans l'eau, répondit sans hâte et sans regarder Anna :

— En y réfléchissant, ma chérie, vous êtes un peu trop vieille pour le rôle de Chérubin.

Anna se mit à rire, émit un « Oh, oh » en aspirant l'air, comme pour indiquer une touche au cours d'une séance d'escrime, et regarda devant elle au pied de l'escalier où l'approche de l'hôtesse avait été remarquée. Deux ou trois invités semblaient déjà bondir vers elle et l'impression que c'étaient des chiens appartenant à Anne, surexcités à l'idée qu'elle allait leur faire prendre de l'exercice, était renforcée par les trois rangs de boucles bien régulières qui ornaient les côtés des perruques de certains des hommes, que l'on pouvait prendre pour les barres horizontales des vagues aux chatoyants reflets qui s'étagent sur les oreilles d'un cocker.

À leur approche, Anna entendit le brouhaha de la réception et son esprit réinterpréta les vagues soyeuses en vagues de l'océan qui venaient se briser contre l'escalier, projetant des éclaboussements d'écume et de rire, formant des doigts qui cherchaient à étreindre et à gagner du terrain, atteignant la deuxième, puis la troisième marche. Autour du dernier balustre recourbé vers l'extérieur, un jeune homme s'était arqué en arrière, comme un chat, comme une vague qui se fend sur un brise-lames et, de cette direction inattendue, son bras envoyait furtivement, plus haut que celui des autres, une anse d'écume qui se dirigeait vers les chevilles d'Anne tandis qu'elle descendait les degrés.

Et cependant, bien qu'elle semblât tout autant être prise au sérieux en tant qu'élément brut, inanimé, c'était encore une mer personnelle, non seulement envahissante, mais rapace, sélective, la mer d'un mythe grec, qui allait se saisir d'Anne pour laisser Anna seule.

Mais Anne, descendant vers elle aussi imperturbablement que si elle allait se baigner et faisant à Anna l'honneur de ne pas attirer son attention sur la mer un instant avant que son contact ne réclamât sa chair, poursuivit :

— Donc, ma chérie (Anna s'apercevait pour la première fois que son amie n'avait pas achevé d'exprimer sa pensée), vous n'avez d'autre choix qu'être Donna Anna. Il ne s'agit que de savoir ce que vous allez faire.

— Ce que je vais faire ? dit gaiement Anna au moment précis où son pied et celui de son amie touchaient le sol avec l'harmonie des officiers de la garde, je vais me jeter dans votre bal, évidemment.

Des importuns entourèrent Anne avec l'empressement poli et exagéré des invités. Mais Anne, comme si elle n'avait fait jusque-là que barboter au bord de la mer et traverser l'espace séparant la terre de l'eau, continua de patauger, de clopiner, entraînant les importuns à sa suite, à reculons, pour ainsi dire, pêle-mêle, se bousculant. S'ils semblaient s'accrocher à elle, elle paraissait les soulever de terre, les porter positivement, elle la championne, eux de simples zéros. Pourtant, tandis qu'elle avançait et que la foule se faisait plus épaisse, ces zéros, eux aussi, si faciles à soulever auparavant, semblaient devenir plus pesants avec la distance parcourue. Anne alla à pas plus larges, plus alourdis, plus incertains chaque fois que ses pieds touchaient le sol, puis ses jambes se mirent à trembler, presque à se dérober sous elle à chaque effort.

Pendant ce temps, Anna, essayant de suivre une course parallèle, était ballottée par les remous qui se formaient autour d'Anne tandis qu'elle avançait. Des épaules la heurtaient, la repoussaient de côté, lui faisant faire fausse route. C'est ainsi qu'Anne dut non pas se tourner simplement de côté, mais faire volte-face pour s'assurer qu'Anna était toujours là et à portée de voix lorsqu'elle demanda :

— Non... je veux dire au sujet du Don ?

— Oh ! ma chérie...

Anna commença de jeter désespérément sa réponse, ligne de sauvetage qui n'atteindrait jamais sa destination à travers la tempête. Avant qu'Anna n'eût terminé sa phrase, Anne avait franchi la bordure et perdu pied. Puis elle disparut aux yeux d'Anna.

Lorsque Anna l'aperçut de nouveau, elle vit qu'Anne s'était enfin soumise à l'échange et souffrait d'être portée par les zéros qu'elle avait portés. La bordure qu'ils lui avaient fait franchir était la porte à deux battants qui menait à la salle de bal. Elle était déjà sur le parquet. L'un des zéros l'avait importunée avec succès. Mais, même dans ses bras, elle regardait par-dessus son épaule, vers Anna. Et Anna, se jetant de côté et d'autre comme un spectateur à une procession, essayait de rendre son visage visible à Anne afin que, si elle ne pouvait l'entendre, elle pût lire sa réponse sur ses lèvres.

Anne était déjà lancée sur les vagues des danseurs. Anna la vit affronter le rythme de la musique, soutenue sur l'eau par ses chairs adipeuses. Elle plongeait, s'inclinait, semblait sur le point de couler, puis surnageait, évoquant un grand phoque lisse et doré, onduleux, obèse. Anna eut l'impression que c'était à un triton qui s'éloignait qu'elle cria :

— Je suis trop vieille pour des aventures. Trop vieille !

— Trop *quoi*, Anna ? dit la voix de Rudy Blumenbaum.

Cette voix était reconnaissable : un baryton caverneux qui de temps à autre se haussait en un couic, comme si Rudy ronflait profondément et sifflait en même temps. Et comme un ton s'élève jusqu'à la voix de fausset, celui de Rudy se teintait de cockney.

Anna se retourna et lui tendit les deux mains.

— Trop *vieille*, Rudy.

Il lui pressa les mains.

— Écoutez, ma chère. Vous avez sûrement entendu dire qu'on est aussi vieux qu'on a l'impression de l'être. Eh bien, vous… (il cessa de lui presser les mains pour lui glisser un bras autour de la taille et la lui presser)… feriez très bien mon affaire. Envie de danser ?

Son étreinte devint celle d'un danseur et, avant d'avoir eu le temps d'acquiescer, Anna, à qui il avait fait faire demi-tour, se trouva prête à commencer.

— Rudy, dit-elle, protestant contre son impétuosité, je ne sais si j'en suis maintenant capable.

Elle voulait dire qu'elle était encore fatiguée par la danse écossaise, mais il prit cela pour une autre allusion à son âge. Il la lâcha pour lui donner une petite tape sur les fesses.

— Allons donc ! dit-il, lui reprenant la main comme on reprend les rênes et lui poussant légèrement les orteils avec les siens.

Il l'amena en dansant au milieu de la salle de bal, lui donnant le sentiment d'être une jument à laquelle un lad désinvolte fait faire sa première promenade de la journée. Rudy avait un peu l'allure d'un jockey : un poids léger, un petit homme aux jambes presque torses.

4

Blottie entre le mur et le trumeau le plus reculé dans le vestiaire réservé aux dames, Ruth Blumenbaum ouvrit son carnet, en tourna les pages pour remonter au début et relut les premières lignes.

Ce carnet semble presque trop joli pour l'abîmer.
J'aime les fournitures neuves.
Douze heures dix du soir. Avais l'intention de m'échapper bien avant pour commencer ce journal, mais j'ai été retenue.

Ruth interrompit sa lecture et, prenant pour bureau ses genoux recouverts de soie blanche, raya « soir » pour le remplacer par « matin ».

En tout cas, arrivés à la réception vers 22 h 20. Papa a eu du mal à parquer sa voiture sur la montée. Heure bien insolite pour commencer une soirée, mais, bien entendu, c'est la veille du Jour de l'An. Tout le long du chemin, dans la voiture, maman n'a cessé de dire que nous pourrions partir à tout moment après minuit, mais papa n'en aura sûrement pas envie. Dès notre arrivée, nous avons dû nous séparer de papa pour déposer nos manteaux. « Courez parquer vos manteaux, mesdames, a dit papa. J'espère qu'Anne n'a pas fait installer là-haut des compteurs de parking. » En réalité, elle avait fait installer au vestiaire un tas de miroirs… ainsi que sa concierge (une figure familière, en tout cas). Des tickets pour les manteaux, qui sont déposés sur une longue table à tréteaux… comme dans un bazar. Le manteau de fourrure de maman est beaucoup plus joli que ceux qui sont entassés sur la table, mais elle aurait pu se donner un peu plus de mal pour son costume du XVIIIe*. Quand j'ai vu la concierge dans le vestiaire, j'ai eu peur de ne pouvoir m'y glisser pour écrire mon journal, car je n'avais pas envie d'être questionnée par elle. Mais heureusement, quand je suis venue ici pour écrire (12 h 10), la concierge n'était pas là. (Ce qui est regrettable : n'importe qui pourrait voler des manteaux.) J'aurais dû expliquer tout de suite que je voulais écrire sur place le journal de mon premier bal (« un grand événement dans la vie d'une jeune fille » : maman) pour avoir l'impression exacte de ce que j'ai éprouvé à ce moment, car je suis sûre que la plupart des gens falsifient leurs souvenirs quand ils se rappellent ces choses plus tard. Je suis sûre que maman n'était pas ce qu'elle dit avoir été quand elle était jeune. Papa ne parle pas beaucoup de sa jeunesse. J'aurais pu gagner du temps en expliquant l'objet de mon journal à la maison, avant de partir. Mais je veux que tout soit fait sur place. Après, je n'y changerai rien. Ce carnet pourra alors devenir une RELIQUE, comme celui dont Elisabeth B. parlait toujours.*

À côté du nom d'Elisabeth B., Ruth mit un astérisque et nota en marge : « Fille catholique à l'école. »

En tout cas, après les embarras de papa et de maman pour me permettre de venir, je ne me sens pas particulièrement emballée. Quitté le vestiaire avec maman et rencontré Edward presque tout de suite. Il a été stupide et agressif à propos de mon costume. Dit qu'il ne l'aimait pas. Quand je lui ai dit quel personnage j'étais, je suppose qu'il n'a pas compris. Il a très peu d'éducation, peu de culture, en tout cas. Je crois qu'il essayait de m'enlever mon assurance au début de la soirée. Il était tout en noir. Il dit qu'il est Casanova, ce qui est ridicule à son âge. J'aimerais voir les hommes moins agressifs, ou, du moins, j'aimerais n'en être pas découragée. Note : Tous ne peuvent être ainsi. Papa est un homme. Nous sommes descendus dans la salle de bal. Dansé : du twist, 2 tangos, 1 slow-fox avec Ed. et une valse lente avec Rex (un homme que connaît Ed. : très grand, de l'université de Cambridge), ce qui a rendu Edward jaloux, je crois. Mangé des sandwiches (dinde et pâté) avec Ed. Bu du gin et du vermouth français. Conversation très intéressante sur mon journal : pourquoi ne pas s'échapper pour l'écrire ? Ed. dit qu'il est un réaliste. J'ai vu qu'Anna K. était là. Puis commença une danse écossaise, que je déteste, mais que j'ai subie pour prouver à Ed. que je ne suis pas affectée, car il venait de le prétendre au cours de la conversation tandis que nous mangions des sandwiches. Vu papa danser (il est en costume d'Écossais, bien entendu, approprié à la danse écossaise) et aussi maman ! Papa très gai. Il est si drôle, aux réceptions, exactement comme il est à la maison, pas du tout timide… la plupart des gens l'aiment bien, même Ed. Les gens sont très amusés par sa plaisanterie sur son personnage. Vu Anna K. danser dans le groupe de papa. Si je dois lui parler, je me demande s'il me faut l'appeler Anna ou Mrs. K. Elle m'appellera Ruth, bien entendu, mais c'est parce qu'elle me connaît depuis que je suis enfant. De toute façon, je doute qu'elle me reconnaisse. À minuit, l'orchestre a joué Auld Lang Syne. *Après, les gens se sont embrassés. Ed. a brusquement tiré un sifflet de sa poche et a sifflé. Un bruit odieux. Vu papa finir la danse près d'Anna K. et me suis demandé s'il allait embrasser Anna, mais, naturellement, c'est maman qu'il a embrassée. Ed. m'a embrassée. Pas très réussi. Comme lorsqu'il m'a embrassée à la Noël. Me sens très déprimée, pas précisément à cause d'Ed., mais par tous ces gens, ces hommes et ces femmes en train de s'embrasser. Anna K. a embrassé un homme masqué de noir. J'ai l'impression que quelque chose d'affreux s'attache à tous les gens de ce monde. Je n'arrive pas à voir pourquoi ils sont là et ils ne paraissent pas s'en soucier. On dirait des atomes qui semblent tourner en rond sans aucun but, attirés ou repoussés les uns par les autres, peu importe qui. Anna K. est la femme la plus séduisante que j'aie jamais vu. Je la déteste.*

Au bas de la page, Ruth écrivit :

Rien de tout cela n'exprime ce que j'ai ressenti

avant de reprendre son journal :

1 h 25.

— Rudy, il est impossible que vous ayez une fille assez vieille pour venir à un bal.

— Inutile de dire ça, Anna. Mon comptable m'affirme que c'est la vérité. Si vous saviez ce que m'a coûté son déguisement !

— Mais, Rudy, la dernière fois que je l'ai vue, elle avait… combien ? Douze ans ?

Anna arracha brusquement sa joue à son impersonnelle proximité de celle de Rudy pour regarder son visage. Elle fut saisie, ainsi qu'elle l'était toujours lorsqu'elle le voyait de près, par le grand contraste de son teint : courte et raide, sa barbe épaisse était d'un noir bleuté, mais le reste de sa peau était d'un rose brillant, transparent, et devenait facilement moite, la peau d'un adolescent qui n'a pas encore l'âge de laisser pousser sa barbe, de sorte que son visage et sa voix tout aussi bien paraissaient une impossibilité physiologique.

— Elle s'appelle Ruth, n'est-ce pas ? Mes souvenirs sont-ils exacts ?

— Mm... hm.

— Eh bien, je suppose que la dernière fois que je l'ai vue, je vous ai dit que vous ne pouviez avoir une fille de douze ans.

— Et je suppose que je vous ai dit combien me coûtaient ses études.

Ils se mirent à rire. La joue d'Anna regagna sa place au-dessus de l'épaule de Rudy, sans toucher la sienne, mais réceptive à la chaleur qui en émanait de manière aussi tangible que si elle provenait d'un radiateur électrique.

— Heureusement, dit Anna, vous êtes fait d'argent. N'est-ce pas vrai, Rudy ?

— Oui, et vous êtes faite de chair et de sang, mais, de la même façon, vous pousseriez les hauts cris s'il vous fallait en abandonner un peu.

Anna, en riant, continua de danser, comme anesthésiée et incapable de tout effort. Il lui semblait que Rudy, dont le visage lui était invisible, était devenu une machine qui lui fournissait la force motrice et la direction. Les yeux d'Anna, invisibles aux siens, étaient libres de parcourir la salle de bal. La danse n'avait rien de l'intimité d'une conversation en tête à tête. La vision d'Anna balayait la salle, embrassant tout ce que Rudy mettait sur son chemin, mais, bien entendu, lui-même ne voyait pas ce qu'elle voyait : il était simplement la machine, ou l'opérateur caché sous le moteur capricieux dont les saccades produisaient des montagnes russes, d'où elle observait, au hasard des possibilités, des bandes de paysage brusquement coupées et remplacées par d'autres.

Elle n'eut même aucune réaction lorsqu'elle entrevit, rôdant parmi les spectateurs à l'extrémité de la salle de bal, le costume noir et le masque noir, comme l'une des figures impressionnistes de Francesco Guardi drapées d'un manteau dans la colonnade du palais des Doges. Elle se sentait autant en sécurité qu'un personnage qui, dans un roman à sensation, se trouve sur des montagnes russes et dont l'ennemi est resté dans la foire juste au-dessous. Peu lui importait d'être vue par Don Juan, puisque les bras de Rudy proclamaient la sécurité : ces bras mêmes proclamaient que Rudy était monogame et dévoué à sa femme et à sa fille. Les bras de Rudy, en tout cas, la firent virer rapidement et offrirent à sa vue l'autre côté de la salle, de sorte que si Don Juan la voyait, ce devait être à l'insu d'Anna et, par conséquent, sans établir entre eux ni communication ni communion d'esprit.

— Pour lui donner de l'éducation, disait Rudy, ça m'a coûté les yeux de la tête, et tout ça pour la convaincre que son père est vulgaire.

— Oh, Rudy ! commença Anna.

Mais quelque chose de tiède comme le tapotement d'une vague se caressa contre son dos et la voix d'Anne murmura :

— Comment va le Don ?

— Je n'en sais rien. Je m'en moque. On ne me laisse aucun répit, répondit Anna en se retournant, cherchant par-dessus son épaule la femme qui s'était trouvée derrière elle. Mais le tourbillon de la danse les avait placées en ordre inverse. C'était le partenaire d'Anne qui se présentait à la vue d'Anna. Et il se trouva qu'Anne dansait maintenant avec son dégingandé de mari, derrière lequel elle disparaissait complètement.

— Tom-Tom... hullo.

— Anna... au revoir.

— Tom-Tom est en pleine forme, ce soir, dit Rudy.

— En effet. Vous aussi, Rudy.

— Vous m'ôtez ces mots de la bouche. Je voulais vous les dire toute la soirée. Vous avez l'air florissante, Anna. Vraiment florissante.

Elle le remercia. Ils dansèrent. Un peu plus tard, Anna revint sur le sujet.

— Rudy, j'ai la conviction que Ruth...

— Ne me trouvera pas vulgaire ?

— Je suis sûre qu'elle a assez d'intelligence naturelle pour repousser toute idée de ce genre. C'est certain. Elle est votre fille.

— Vous n'allez pas me dire que le sang est plus fort qu'une coûteuse éducation !

— Je suis sûre que si.

— Cela veut dire que j'ai perdu mon argent, dit Rudy.

Papa a dansé avec Anna K. De loin, je pouvais la voir rire à ce qu'il disait. Elle voit combien il est amusant. De plus, il a beaucoup plus d'entrain que tous les autres danseurs. Quand elle danse avec lui, Anna a plutôt l'air d'une perche, bien qu'en réalité elle ne soit pas grande. Lui est un peu trop petit, bien sûr. Elle est visiblement charmée par lui. La plupart des gens le sont. Je suppose qu'il la trouve séduisante, mais n'en suis pas certaine. Souvent, quand on trouve quelqu'un séduisant au point que tout le monde doive le voir, il se trouve que personne n'y a jamais pensé. Toutes les élèves tenaient Jane T. pour la fille la plus jolie de l'école, mais maman n'a même pas remarqué quel personnage elle jouait dans la pièce. Papa danse peut-être dans un style démodé, mais c'est du bon style. Bien meilleur que celui d'Ed. Ed. était très agressif, de sorte que je suis montée ici pour écrire mon journal. Je me sens bien plus vieille qu'Ed. Émotionnellement, veux-je dire.

— Techniquement, elle n'est pas assez vieille pour être ici. Sa mère n'a cessé de dire qu'elle ne devrait pas aller à un bal avant d'avoir fait son entrée dans le monde. Mais je lui ai répondu : « Allons, maman, même si elle n'a pas fait son entrée dans le monde, laisse-la débuter modestement. »

Quand j'étais écolière, si je rencontrais une femme séduisante, j'en tombais généralement amoureuse. Je suppose que c'était une façon de n'être pas déprimée par le fait qu'elle était plus attrayante que moi. (Question : ce journal est-il trop introspectif ? Morbide, comme dirait Ed. Terriblement égotiste, en tout cas.) Je croyais que je devais être lesbienne. Cherché les noms de Sapho et de Lesbos dans l'encyclopédie. Aimé l'idée de l'île grecque : soleil, ciel bleu, jeux de ballon sur le sable près de la mer bleue, comme l'un de ces Picasso classiques dont miss L. est si emballée. Mais je n'ai aucun goût pour les femmes roses et monumentales… un peu comme maman !… Je ne puis imaginer maman jouant au ballon toute nue ! Je me demandais si, devenue adulte, papa m'achèterait Lesbos. Mais il y a des siècles de tout cela. Je me rends maintenant compte que l'idée était naïve. Je veux dire que Sapho, etc., remonte à des siècles. La civilisation moderne est beaucoup plus compliquée, etc. (Je suppose qu'on ne peut plus acheter une île grecque, une grande du moins, même si papa le pouvait, et je ne crois pas qu'il le puisse.) Mais la façon dont j'ai écrit cela est ambiguë et pourrait laisser croire qu'il y a des siècles que je pensais qu'il serait agréable..., ce qui est aussi positivement vrai. Je ne peux plus sentir de la même façon. C'est sans doute plus sain et plus normal, mais cela rend plus vulnérable à la dépression. Ne peux sûrement pas m'imaginer aimant Anna K. Mais d'autres doivent l'avoir aimée... des hommes, veux-je dire. Elle a l'air d'avoir eu des tas d'amants. Supposons que je la trouve séduisante parce qu'elle n'est pas du type monumental. Cela peut signifier que papa ne la trouve pas séduisante, car il aime évidemment le type monumental, maman par exemple. Anna K. est plutôt du genre maigre, comme moi. En réalité, elle n'est pas tout à fait assez grande. Je crois que j'ai la grandeur idéale pour une femme. (Là, aucune vanité : j'ai de nombreux désavantages.) Bien entendu, les gens de ma génération sont généralement plus grands que ceux de la génération d'Anna : bébés mieux nourris.

Anna sentit qu'on serrait les freins et perçut la secousse du mécanisme avant de s'être rendu compte de ce qui avait provoqué le phénomène : les jointures d'un homme frappant contre le dos de Rudy.

Rudy fit volte-face, exposant l'intrus à la vue d'Anna. Mais elle avait déjà vu son costume noir.

Elle sentait de façon tout à fait tangible entre ses omoplates le rythme des coups frappés sur le dos de Rudy.

Elle fut d'abord prise de panique, puis, tout aussitôt, embarrassée d'avoir eu à subir un arrêt. Par pure timidité, elle baissa les yeux et détourna son regard. Quelques secondes s'écoulèrent avant qu'elle ne laissât filtrer dans sa vision que ce n'était pas Don Juan : il était sans masque, beaucoup plus grand que Don Juan, plus blond et bien plus jeune... beaucoup, beaucoup plus jeune que Don Juan ou elle-même.

Anna et Rudy commencèrent de se parler mutuellement d'un ton d'excuse et de regret. Mais l'inconnu plongea sous la main de Rudy qui s'attardait encore sur celle de sa partenaire, s'appropria Anna et l'éloigna en dansant.

— Est-ce là une danse « Excusez-moi[1] » ? lui demanda tout de suite Anna, contrariée.

— Non. Ma partenaire s'est enfuie, tout simplement, et j'ai un toupet du diable.

— Vraiment ?

Machinalement, elle se soumit à la convention selon laquelle, dans un bal, les femmes, comme les chevaux dans une écurie de courses, doivent accepter passivement tout partenaire qui se propose. C'était probablement parce qu'elle avait éprouvé à cause de lui une panique qui s'était révélée inutile qu'elle se sentait incapable de s'intéresser à sa personne.

Elle se disposait à ajuster l'ancien emplacement de son visage à son nouveau partenaire, comme si la personnalité de ce dernier n'était rien et que le seul ajustement à faire fût, pour ainsi dire, une adaptation pareille à celle de la hauteur des étriers, de la petite taille de Rudy à la grandeur du jeune homme. Mais celui-ci, dédaignant cette fausse intimité de presser sa joue contre la sienne, la repoussa loin de lui, essayant de lui imposer cette vraie intimité de le regarder en face, tandis qu'il la tenait de façon très relâchée et dansait, très dégingandé mais très exercé. Elle résista pendant une minute, mais c'était lui qui, selon les conventions, pouvait ordonner.

1. Au début d'un bal, pour aider les invités à se mêler les uns aux autres, il se fait un changement continuel de partenaires. Tout cavalier seul peut taper sur l'épaule d'un danseur pourvu d'une cavalière et lui dire « Excusez-moi », sur quoi le danseur doit lui abandonner sa partenaire.

— Qui cherchez-vous ? demanda-t-il.
— Moi ? Personne.
— Vos yeux ne cessent de parcourir la salle.
— Ah ? En réalité, je cherche à éviter quelqu'un.
— C'est la même chose.
— Ah ?

Pour la première fois, Anna éprouva un certain intérêt. Elle le dévisagea délibérément. Bien qu'il fût agréable, et peut-être même attrayant, son visage lui rappelait celui de Donald Duck. Le nez n'était pas très long, mais il saillait à angle aigu et formait un triangle égal entre deux profonds sillons pareils à ceux d'un bec. Au-dessous, la bouche et le menton étaient repoussés d'assez près et de proportions menues, comme la bouche et le menton sous le museau d'un chat. La bouche était très grande, mais mince, aux lèvres lisses, le menton finement dessiné, mais délicat : une bouche et un menton de jeune chat, mais sans douceur. Son teint était rose et doré. Il avait probablement de petites dents blanches et aiguës, comme celles d'un chaton. Petite et aux yeux brillants, sa tête se tournait avec vivacité de côté et d'autre, comme si elle tournait sur une tringle, et produisait délibérément cette impression de vivacité au-dessus d'un cou maigre qui avait peut-être contribué à l'idée initiale de Donald Duck, car il rappelait la maigreur d'un cou de volaille. Il fallut à Anna un moment pour se rendre compte que son cou était mince à cause de sa grande jeunesse : le dernier des changements commencés par la puberté n'était pas encore tout à fait achevé.

— Eh bien, on ne peut éviter quelqu'un si l'on ne sait où il est.
— Oh ! non. Je vois ce que vous voulez dire.

Il se rendait évidemment compte qu'elle avait perdu tout intérêt pour lui et sans doute fut-ce pour tenter d'en forcer le retour qu'il l'écarta complètement de sa personne, gardant seulement leurs mains jointes, et la laissa danser à sa guise tandis qu'il caracolait, rappelant maintenant à Anna un cheval à bascule qui n'était plus devant elle, mais auprès d'elle, laissant cette fois son propre regard observer la salle de bal.

Anna dansait, sa main pendant à son côté. Quelqu'un la lui toucha. Elle leva les yeux, vit du lamé or, puis Anne, qui l'avait déjà dépassée en dansant de façon orthodoxe, lui laissant dans la main un petit morceau de papier plié. Le papier restait là, roulant dans la main pendante.

Le jeune homme fondit sur Anna et, de nouveau lui faisant face, la tint mollement à bout de bras.

— Si vous dansiez de façon orthodoxe et démodée, dit Anna, mon visage atteindrait votre épaule... comme un bébé qui vient de prendre son biberon et à qui l'on tape dans le dos pour lui faire faire un rot.

— Youp ! dit-il, et je ne pourrais voir votre expression.

— Et vous ne pourriez me voir déplier et lire le billet qu'on vient de me mettre dans la main.

— Vous devrez le lire sous mon nez. Si c'est un coupable secret, je le lirai sur votre visage.

— Il me faut courir ce risque, dit Anna.

Elle détacha sa main de l'épaule du jeune homme et déplia le billet.

— Avec votre permission.

L'écriture était – elle avait craint qu'il n'en fût pas ainsi – celle d'Anne.

Ma chérie, juste pour vous convaincre qu'il ne vous reste qu'un seul rôle. La fille de Rudy Blumenbaum a choisi le personnage de Chérubin.

— De bonnes nouvelles ? demanda le jeune homme. Pronostics sportifs ? La mort d'une tante à héritage ?

— Je ne vois pas pourquoi je vous le cacherais. Ce n'est guère du commérage. On me dit que la fille de Rudy Blumenbaum est travestie en Chérubin.

— Ça, j'aurais pu vous le dire.

— Ah ?

— Ce que je ne peux vous dire, c'est ce qu'est Chérubin.

— Connaissez-vous donc les Blumenbaum ?

— Vous ne pensez pas que je soufflerais la partenaire d'un inconnu ? Il pourrait se mettre en colère.

— Mais je croyais que vous aviez un toupet du diable ?

— Ce n'est qu'une attitude, dit-il, comme mon costume de Casanova.

— Ah, vous êtes Casanova.

— Mais oui. De nos jours, on ne peut arriver à rien sans attitude.

— Et vous arrivez à quelque chose ? demanda Anna.

— Mon Dieu, j'espère arriver à être le gendre de Rudy Blumenbaum. Il est affreusement riche. Le saviez-vous ?

— Oui.

— Parfois, je m'évanouis presque d'émotion quand j'y pense.

Je ne crois pas qu'Ed. ait jamais été amoureux. C'est sans doute pourquoi il me paraît naïf. C'est également une source de frictions, la raison pour laquelle nous ne nous entendons pas toujours. Il semble n'avoir aucun passé, juste un avenir. Du moins ne pense-t-il qu'à l'avenir. Maman parle ainsi de sa jeunesse : « Tout était si neuf, on ne savait pas ce que la vie vous réservait. » Je crois que cela doit être faux. En tout cas, ce que la vie lui a réservé n'était pas à dédaigner : papa. Je n'ai pas l'impression que tout soit neuf, que tout ne fasse que commencer, je sens qu'un tas de choses sont finies à jamais. Comme si l'on m'avait emmenée dans une île où il est interdit de retourner. Ou peut-être pas interdit, mais impossible. L'île a sombré, pour ainsi dire. Peut-être la vraie difficulté entre Ed. et moi est-elle que je suis déjà trop vieille pour aimer.

— Ainsi, toutes les demi-heures, elle s'échappe pour écrire son journal.

— Admirable, dit Anna, mais cela dénote un certain sang-froid.

— Du sang-froid ? Je crois que c'est de la sentimentalité. Comme de garder des fruits en cire sous un dôme de verre.

— C'est plutôt garder son appendice dans un bocal.

— Non, c'est sentimental. C'est pour rêver là-dessus plus tard.

— Êtes-vous certain que ce n'est pas pour l'empêcher de rêver plus tard ?

— Eh bien, elle n'aura guère de quoi rêver si elle a consigné ce que je lui ai dit sur son costume.

— Que lui avez-vous dit ?

— Que je ne voulais pas qu'on me voie danser avec un valet d'écurie. À propos, qui est ce Chérubin ?

— Un page.

— Elle aurait pu avoir l'air féminine pour une soirée, n'est-il pas vrai ?

— Cela vous choque-t-il qu'elle ne soit pas sentimentale ?
— Moi ? Non. Je suis réaliste.
— De quelle façon ?
— Je veux de l'argent. Aujourd'hui, on n'arrive à rien sans argent.
— Qu'achèteriez-vous avec de l'argent si vous en aviez ?
— Tout ce qui me séduirait, je suppose. Avez-vous de l'argent ?
— Non.
— Dommage. Il me faudrait vous lâcher. Il me faudrait, veux-je dire, vous lâcher ensuite si je faisais de vous ma maîtresse.
— Ah, sans doute le feriez-vous.
— Que pensez-vous de moi ? Que je suis cynique ? Que j'ai, après tout, un toupet du diable ? Ou que je prendrais la fuite si vous me mettiez au défi ?
— Rien de tout cela, dit Anna. Pour être franche, vous ne m'attirez pas.
— Vous me trouvez trop jeune pour vous ?
— Non, trop puritain pour moi.
— Puritain ?
— Pour n'avoir pas pensé à ce que vous feriez avec l'argent.
— Mon Dieu ! dit-il.
Ils dansèrent en silence pendant quelques minutes.
— Mon Dieu ! répéta-t-il, vous êtes vraiment cynique. Je vais mettre tout le monde en garde contre vous.
Anna se mit à rire. Ils longèrent en dansant la lisière de la salle.
— C'est vous qui m'avez conduit ici, dit-il. Vous cherchez encore cette personne, celle que vous évitez.

— Je cherche peut-être à voir si votre partenaire revient.

— C'est peu probable. Vous avez peur que je vous lâche.

— En réalité, dit Anna, je cherchais vaguement à voir un homme qui a la forme d'un œuf dur, du moins vu d'en haut. Je ne sais qui il est.

— Peut-être n'est-il visible que d'en haut. Peut-être disparaît-il, au rez-de-chaussée.

— Peut-être.

— Certains ont ce genre de personnalité.

Il cessa de danser. Ils se trouvaient sous la galerie des musiciens. Il dit en la désignant :

— Montons, pour essayer de le voir de là-haut.

— Non, dit Anna.

Quelque chose de petit, mais de lourd, fit *flac* à côté d'elle sur le parquet.

Elle avança de quelques pas dans la salle, où un ou deux danseurs la heurtèrent, et leva les yeux vers la galerie. Anne était là-haut, penchée par-dessus la balustrade, le visage épanoui. En raccourci, et apparemment aplati aussi de côté, son visage paraissait plus charnu que jamais, un grand pain de pâte crue formant des plis horizontaux, la tête d'un angelot malfaisant, presque maléfique, vue dans un miroir déformant, un génie de la terre, un génie d'argile.

Un autre objet tomba près d'Anna, puis un autre qu'elle attrapa. C'était une pastille de menthe. Elle en mordit la moitié et cria vers la galerie :

— Délicieux, mais qu'est-ce donc ? Une tempête de neige ? Une communion miraculeuse ?

— Des confettis, répondit Anne avant de disparaître.

Retournée dans la salle de bal. Vu Ed. aux abords de la salle de bal, avec Anna K. qui lui donnait à manger. Je ne sais quoi, bonbon ou sandwich, mais elle en a mordu la moitié et, plus tard, lui a mis l'autre moitié dans la bouche. Eu l'impression d'avoir vu quelque chose de dégoûtant, comme si c'était sa langue. Ou quelque chose de sacrilège : une communion blasphématoire ou quelque chose de ce genre. J'avoue être jalouse d'Anna K. Je l'avoue, je l'avoue, mais j'en ressens l'effet. C'est comme si l'on vous disait que vous alliez mourir. Je ne puis imaginer ce que cela peut faire de savoir que l'on va mourir. Je ne puis imaginer ce que cela peut faire d'être jaloux. Mais je suis jalouse. Et, bien entendu, je vais mourir. Comme tout le monde. Comme Anna K. Quand je suis entrée dans la salle de bal, j'ai eu l'impression d'avoir reçu une balle au cœur. Mais je suis encore consciente. Cela a l'air mélodramatique, mais ce n'est pas exagéré. C'est la vérité même. Je me demande si papa m'emmènera tout de suite à la maison.

— Anne !

Anne fuyait devant Anna, le long du couloir du premier étage, dépassant la pièce qui avait été convertie en vestiaire, prétendant ne pas entendre la poursuite d'Anna. Mais celle-ci pouvait discerner, à la détermination particulière du dos ployé de son amie et à la vitesse inaccoutumée de son dandinement, qu'Anne avait parfaitement entendu. Elle croyait même pouvoir déceler, dans les fortes ondulations des bourrelets de chair autour de son dos, qu'Anne était ainsi courbée pour étouffer un rire nerveux.

Anna pressa le pas, faisant un crochet pour éviter les promeneurs isolés et, lorsqu'elle rencontrait un groupe, elle étendait la main en tampon et maintenait le groupe immobile tandis qu'elle le contournait. Ses pensées étaient occupées par les gestes de son passé immédiat, comme si, au moment de leur accomplissement, elle les avait absorbés trop vite : fourrer la moitié de la pastille de menthe dans la bouche de son partenaire, le quitter sans façon, grimper en courant – en se prenant dans l'ourlet de sa robe – le grand escalier pour apercevoir, du haut des marches, Anne sur le point de quitter la galerie des musiciens et comprenant, à la course accélérée du gibier, que celui-ci se savait découvert. Cette succession de faits s'était imprimée avec autant d'acuité qu'une image visuelle jusque dans ses nerfs, grâce à quoi les membres d'Anna savaient où ils étaient et ce qu'ils faisaient. Elle avait accompli tout cela sans préméditation, mais la préméditation était résolue à intervenir et s'arrangerait, si c'était nécessaire, pour intervenir après l'événement. « Anne ! » Occupée du passé, Anna n'agit pas immédiatement sur une perception de l'avenir. Tandis qu'Anne la fuyait en longeant le couloir, un homme en noir, distinctement entrevu une seconde entre les promeneurs, et reconnu, s'avança dans le couloir vers Anna. Mais Anna se permit de continuer à courir après Anne, sur laquelle elle gagnait du terrain : comme si son but réel n'était pas de la rattraper, mais de poursuivre sa course aussi vite que possible pour le rejoindre lui.

Elle s'arrêta à peu de distance de l'endroit qu'il devait maintenant avoir atteint, se retourna, remonta le couloir en courant plus vite qu'auparavant et se jeta dans le vestiaire des dames, claquant la porte derrière elle.

Elle ne vit rien d'autre que les deux rangées de trumeaux se réfléchissant l'une l'autre.

Au-delà du trumeau le plus éloigné, du côté gauche, un personnage se tenait debout. Aux yeux d'Anna, il représentait toute une série d'infractions à la nature, si complexes qu'elles semblaient être une fantaisie, et pourtant assez logiques dans leur complexité pour qu'elle se laissât prendre au piège. L'homme sur lequel elle avait refermé la porte se trouvait maintenant devant elle. Il s'était, en changeant de sexe, introduit dans le vestiaire des dames, et il gardait pourtant le costume masculin. Ce costume, qui avait été tout noir, était maintenant tout blanc : blanc de haut en bas, aussi blanc que la chambre à coucher d'Anne.

— Oh, Ruth ! s'écria Anna. Vous m'avez fait peur.

— Hullo, Anna.

C'était une grande fille anguleuse, mais bien bâtie, sans ressemblance avec ses parents, sauf un peu du teint coloré de Rudy. Elle avait des traits hardis et des cheveux très noirs. Il se pouvait qu'elle devînt belle. Dans sa culotte courte de satin blanc, ses jambes paraissaient d'une longueur presque incroyable. D'une main, elle étreignait un carnet, comme s'il s'était agi d'un livre de prières. De l'autre (Anna pensa qu'elle avait dû s'accroupir) elle tirait sur sa culotte pour s'asseoir plus commodément : le geste de la chapelle et le geste de l'écurie. Tous deux s'unissaient pour lui donner le cachet d'une éducation coûteuse.

— On me dit que vous êtes Chérubin.

— Mm...

— Nous sommes donc toutes deux des personnages de Mozart. Je suis Donna Anna.

— Je ne connais pas ce personnage.

— C'est dans *Don Giovanni*.

— Je ne le connais pas.

— Oh, vous devriez l'entendre. Vous l'aimeriez si vous aimez *Figaro*.

— Pas particulièrement, dit Ruth. Je viens juste d'aller l'entendre avec les élèves de l'école.

— Ah !

— Cherchez-vous le lavabo ? demanda Ruth avec un geste de la tête. C'est là-bas.

— Non, je suis venue chercher ici un moment de répit.

— Et moi pour écrire mon journal.

Anna ne fit qu'un petit signe d'acquiescement, ne sachant si Ruth serait fâchée de découvrir qu'elle le savait déjà.

— Je fais un compte rendu du bal.

— Alors, dit Anna, abaissant son regard sur le carnet de Ruth, vous avez toute la soirée là-dedans, pressée comme une fleur dans un livre.

— Je le crois.

Puis Ruth ajouta d'un ton brusque :

— Vous y figurcz.

— Vraiment ? Ça fait une curieuse impression...

— Seulement de façon passagère, bien entendu.

— Oui, bien entendu.

— De toute façon, j'ai fini, dit Ruth.

Et, passant devant Anna, elle sortit.

Anna regarda dans l'un des trumeaux, non pour examiner ce qu'elle voyait, mais supposant que si quelque chose clochait vraiment dans son maquillage ou dans son costume, elle s'en apercevrait.

Elle entendit ouvrir la porte. Anne entra.

— Que faites-vous ici ? demanda Anne. Pourquoi n'êtes-vous pas en bas au beau milieu du bal avec votre galant ?

— Ce n'est pas mon galant.

— Ma chérie, résisteriez-vous encore au destin ? Vous seriez-vous sauvée de nouveau ?

— Anne ! Écoutez ! Ce n'est pas Don Juan.

— Non ?

— Je savais que vous vous étiez méprise. Me croyez-vous capable de les prendre au berceau ? En réalité, c'est le galant de Ruth Blumenbaum. J'avais couru derrière vous pour vous l'expliquer. Si vous aviez attendu...

— Attendez-moi une seconde. Il faut que j'aille au lavabo.

Anna attendit.

Anne revint, essaya d'arranger sa robe de lamé devant l'un des miroirs, puis passa son bras sous celui d'Anna.

— Eh bien, ma chérie ?

— Vous n'en étiez pas si loin. Celui-là était Casanova.

— Oh, ma chérie ! Du sublime au ridicule. Quel *faux pas** ! Il nous faut donc recommencer.

Son bras toujours passé dans celui d'Anna, elle la conduisit dans le couloir.

— Recommencer quoi ? demanda Anna.

— C'est comme si l'on avait cette sorte de fille qui refuse de quitter la maison. Je vous jette à la porte et vous rebondissez à l'intérieur.

— Je vous ai prévenue que je le poursuivais. Je n'ai cessé de le voir. Du moins ai-je cru ne cesser de le voir.

Le couloir était plein de figures neutres, plusieurs d'entre elles vêtues de noir, mais toutes incapables de retenir l'attention d'Anna.

— En réalité, je le cherchais peut-être, dit Anna.

* Les mots en italique suivis d'un astérisque sont en français dans le texte.

— Je vais descendre l'escalier avec vous, dit Anne, et vous lancer de nouveau dans la mêlée. Voyez-vous, je suis résolue.

Bras dessus, bras dessous, elles descendirent le grand escalier, pivotant au tournant comme une formation de cavalerie et dépassant le grand Cupidon. Peut-être parce qu'elles se tenaient le bras, peut-être parce que Anne avait, ainsi qu'elle l'avait dit, l'air résolu, on leur faisait place. Au bas de l'escalier, Anna dit :

— Pensez-vous qu'on puisse être adulte lorsqu'on a des changements d'humeur aussi extrêmes ?

— Mais on n'est jamais adulte, bien entendu. Je suis assez vieille pour savoir que c'est une illusion.

— Mes sentiments sont aussi sujets à variation que si j'avais l'âge de Ruth Blumenbaum.

— Ce qu'on apprend en vieillissant, dit Anne, c'est que se croire à l'âge de Ruth Blumenbaum est pour le moins exagéré. Nous sommes beaucoup plus jeunes que ça, vous et moi. Nous ne sommes que des enfants en bas âge.

— Et vous en avez l'air, dit Anna, la regardant. C'est votre tendance à trottiner.

— C'est un mot obscène, dit Anne avec une grimace. En anglais, ce sont toujours les mots innocents en apparence qui semblent obscènes… Écoutez, ma chérie.

Et, dégageant son bras de celui d'Anna :

— Venez ou non, comme vous voudrez, mais il faut que j'aille parler à quelques-uns de mes invités obscènes.

Elle entra dans la foule. Anna la suivit vivement et lui prit le bras.

— Anne, lui murmura-t-elle à l'oreille, Anne !

— Ma chérie ?

— Anne, trouvez-le-moi, je vous en prie. Trouvez-le-moi.

5

Sans support logique, Anna avait la conviction qu'Anne serait capable de le découvrir, parce qu'il était son invité. Anne parut l'encourager dans cette idée. Elle interrogea Anna avec l'apaisante assurance d'un policier qui se charge de retrouver la mère d'un enfant perdu.

— Eh bien, répondit Anna, taille moyenne, âge moyen, costume noir et masque noir.

— Un masque qui cache les yeux ?

— Davantage. Il couvre toute la partie supérieure du visage. Un domino. Du moins c'est ainsi que je vois un domino.

— Et vous êtes certaine qu'il ne danse pas ?

— Absolument certaine.

— Voyons donc là-dedans. Est-il là ?

— Non.

Anne referma la porte qu'elle avait ouverte.

— N'avez-vous pas eu une hallucination ?

— Non.

— Sûrement non ?

— Il a probablement une existence objective, dit Anna, dans le journal de Ruth Blumenbaum. Elle a consigné le bal dans son journal.

Anne ignora ces mots parce qu'elle avait une autre idée.

— Ma chérie, et s'il avait ôté son masque ?

— Oh, s'il avait ôté son masque, dit Anna, comme si elle renonçait, je ne le reconnaîtrais probablement pas.

— Bien, bien, dit Anne d'un air rassurant, il doit comprendre cela lui-même, de sorte qu'il ne l'ôtera sans doute pas.

— Je le reconnaîtrais s'il m'embrassait.

— Ma chère enfant, je ne peux vraiment pas demander à tous mes invités de vous embrasser.

— Je n'en aurais guère envie moi-même, dit Anna.

En passant devant elles, quelqu'un cria à Anne :

— Charmante soirée, Anne.

— D'autant plus charmante que vous y êtes, répliqua Anne sans interrompre le moins du monde sa conversation avec Anna. Avez-vous regardé dans la salle du souper ?

— Non.

— Eh bien, allons-y. Ne vous est-il pas venu à l'esprit que le pauvre homme pouvait avoir faim ? N'avez-vous pas de cœur ?

— Il ne doit pas manger beaucoup. Je m'en souviens maintenant, il est plutôt maigre.

— Oh, ma chérie, ce sont toujours les maigres qui mangent le plus. Les gros – Anne passa les mains sur ses hanches couvertes de lamé – sont ceux qui grignotent.

Elle ouvrit la porte toute grande.

— Eh bien, est-il en train de manger ?

Une table à tréteaux occupait la longueur de la salle. Elle était recouverte d'une nappe de toile blanche et ornée d'une précieuse et hideuse vaisselle d'argent. Elle rappela d'abord à Anna un autel, puis une réception de mariage, surtout les réceptions des mariages d'Anne, souvenir collectif. Une nappe blanche d'une telle longueur ne pouvait qu'être louée. Derrière la table se tenait un domestique qu'Anne avait non seulement loué, mais habillé de vêtements qui suggéraient le XVIIIe siècle, en réalité, supposait Anna, les vêtements de quelqu'un d'autre ou la livrée de quelque club. Derrière lui, dans la niche de la fenêtre dont les volets étaient fermés, il y avait une grande poterie, urne funéraire pleine d'iris et de narcisses. Les fleurs, elles aussi, semblaient avoir été louées : Anna entendait par là que, de toute évidence, Anne ne les avait pas arrangées elle-même, mais l'avait fait faire par la fleuriste.

Quelques invités mangeaient debout. Des plats de victuailles étaient en partie vides. Là où des sandwiches avaient été empilés, il n'y avait plus que des tours chancelantes, de la largeur d'un seul sandwich : les piles dont un drapeau[1] ou du cresson garnissait le dessus, que personne n'avait voulu prendre. Retournés, brillants, des verres à vin étaient disposés en quantité à l'une des extrémités de la table, dont le reste était encombré de verres ayant déjà servi, certains laissés droits dans les plats, d'autres inclinés, de sorte que les quelques gouttes de liquide restées au fond étaient déjà gluantes et commençaient à se cristalliser. Dans un plat d'argent, pas tout à fait en contact avec les sandwiches intacts, il y avait un sandwich à demi entamé. Les bords du pain de mie commençaient à se séparer et à se recroqueviller : une tête de mort

1. Les étiquettes qui surmontent chaque pile de sandwiches pour en indiquer la nature évoquent de petits drapeaux.

grimaçant un sourire. La surface granuleuse du pain blanc était parsemée de cendre de cigarette, comme de la crasse incrustée sur les pores d'une main. À l'esprit d'Anna, cela n'évoquait plus une scène de mariage, mais de funérailles.

La seule personne qui, dans la salle, pouvait avoir quelque ressemblance avec Don Juan – et l'illusion ne durait qu'une seconde – était le domestique.

— J'ai pensé un instant que ce pouvait être votre domestique.

— Pourquoi pas ? demanda Anne.

— Pourquoi pas ? Avait-il, quand vous l'avez engagé, l'air assez entreprenant pour mettre un masque et tenter de séduire vos invitées ?

— Je dois avouer que non. Il m'a paru tout à fait sérieux.

— Très bien.

— Alors il n'est pas ici ?

— Non.

— Oh ! mon Dieu, dit Anne. Le docteur Brompius est là, lui. Et tout seul.

— Cela veut-il dire que vous devez aller à son secours ?

— Ce n'est pas, dit Anne, sans intérêt. Pour vous, veux-je dire.

Anna repéra celui qui, de toute évidence, était seul. Il mangeait, debout, près du centre de la table. C'était un homme vieillissant en costume de soirée ordinaire, avec un ventre proéminent, des yeux protubérants et de grosses lunettes.

— Anne, c'est d'un intérêt certain.

— Non, ma chérie, dit Anne, je ne le laisserai pas vous embrasser. Mais c'est un musicologue, le savez-vous ?

— Non, dit Anna, la tirant en arrière. Ou peut-être. Vaguement. Je ne connais rien à ces choses.

— Vous le devriez, dit Anne. On le prétend tout à fait remarquable. Il travaille sur la collection de Tom-Tom. C'est pour nous, dit-on, un immense honneur. Docteur Brompius, le distingué musicologue hollandais ? dit-elle, éprouvant la formule. Ou bien est-il suédois ? Je ne comprendrai jamais pourquoi ce sont les moins latines des races qui ont des noms à terminaison latine...

— Croyez-vous, murmura Anna, qu'à l'accusatif il soit le docteur Brompium ?

— Doctorem Brompium, rectifia Anne, mais abandonnez cette disposition d'esprit accusative, ma chérie.

— Allez le voir, dit Anna, essayant de dégager son bras de celui d'Anne. Pour adopter votre affreux calembour, je ne me sens pas très vocative.

— Je ne voudrais tout de même pas, dit Anne, la poussant en avant, être forcée d'examiner si chaque cas convient à votre humeur du moment.

Lorsqu'elles furent à mi-chemin dans la salle, le docteur Brompius leva les yeux et Anna dut cesser de se débattre contre la présentation.

Tout en mâchant, il s'inclina devant elle, cessa de mâcher tandis qu'il baisait la main d'Anne, puis acheva sans vergogne la même bouchée, donnant l'inconvenante impression qu'il venait de prendre dans la main d'Anne cette bouchée à travers laquelle il lui murmura avec un accent lourd et peu latin :

— *Chère madame**.

— Docteur Brompius, dit Anne, serait-ce trop demander que de faire appel une seconde fois à vos capacités professionnelles ?

— Comment pourrait-ce être trop demander quand il s'agit de vous, *chère madame** ?

Mais les signes qu'Anne faisait de la tête et toujours vers Anna montraient clairement qu'il ne s'agissait pas d'elle, mais de sa compagne.

— Le docteur Brompius, expliqua-t-elle à Anna, a déjà arrangé quelques suites de danses qui seront données plus tard dans la soirée.

Le docteur Brompius, comprenant qu'il devait s'adresser à Anna, précisa pour elle :

— Quelques œuvres peu connues des compositeurs de cour suédois du XVIIIe.

Anna lui sourit et jeta à Anne un regard boudeur. Mais Anne poursuivit :

— Et maintenant, nous voulons vous consulter de nouveau. C'est au sujet de Don Juan.

— Ah, voilà qui est intéressant, dit le docteur Brompius. Je vous expliquerai pourquoi tout à l'heure, mais vous d'abord, mes chères dames.

— Nous voulons savoir, dit Anne, si Don Juan séduit réellement Donna Anna.

Anne refusa absolument de voir le regard d'Anna. Elle attacha le sien sur le docteur Brompius, qui répondit :

— Cette question est passionnante.

— Bien entendu, nous nous rendons compte que c'est l'une des énigmes classiques. Nous savons que Donna Anna prétend le contraire, mais nous savons aussi qu'il lui fallait nier avoir été séduite.

— C'est là, dit le docteur Brompius, une question que nous devons examiner sous son aspect historique.

Il se tourna vers la table et prit un petit pain brioché. C'était maintenant Anne qui essayait de susciter l'attention d'Anna et Anna qui, à présent que la discussion était définitivement ouverte, n'avait d'autre moyen de défense que de paraître insensible à tout, tout en manifestant une impatience polie pour la réponse du docteur Brompius. Elle regarda fixement sa nuque et, lorsqu'il se retourna, le petit pain tout entier dans la bouche, il saisit le regard d'Anna et le retint.

— Cette question est de celles auxquelles nous pouvons répondre, je crois, sans entrer dans les détails techniques d'ordre musical, qui sont si ennuyeux. Ce qu'il nous faut toutefois prendre en considération est l'histoire. L'histoire est ce dont nous ne pouvons nous dispenser. C'est ce que disait un professeur dont j'ai suivi les cours à Hambourg, en 1909, un homme des plus doués, et je m'en suis toujours souvenu. Si nous nous permettons d'oublier qu'en traitant cette question nous ne nous occupons pas d'une œuvre moderne, mais d'un opéra, de personnages, d'un auditoire, d'un librettiste, etc., du XVIIIe, nous découvrirons que nous ne pensons pas de façon historique et nous nous laisserons induire en erreur. Ce que nous avons à faire en ce cas... mes chères dames, vous ne mangez pas.

Il fit glisser sur la table un plat d'argent et le poussa vers Anna.

— Ce que nous avons à faire est d'identifier notre pensée aux conditions qui prévalaient au cours de la dernière partie du XVIIIe siècle où notre opéra a été écrit, bien que, naturellement, cette histoire soit beaucoup plus vieille.

Pour comprendre la situation de l'opéra à cette époque, il nous faut prendre en considération toute la situation de la culture d'alors, dans laquelle celle de l'opéra est enchâssée comme un diamant dans sa monture.

Anna abaissa son regard sur le plat d'argent peu profond qu'il lui présentait. Il n'y restait rien qu'un petit napperon de papier, quelques branches de cresson et quelques miettes d'œuf dur haché.

Elle secoua légèrement la tête, comme si elle était trop ravie pour s'occuper de nourriture.

— Vous n'avez pas faim, dit le docteur Brompius. À la lumière de l'état de la culture de l'époque, examinons les diverses possibilités. Admettons d'abord que Donna Anna n'ait *pas* été séduite. En cette circonstance, que dira-t-elle à ce sujet ? Elle dira, je crois, qu'elle n'a pas été séduite. Car il n'y a rien en la circonstance (celle de n'avoir pas été séduite) que nous soyons justifiés à faire valoir, du point de vue psychologique, qui puisse motiver un mensonge de sa part. Nous devons maintenant considérer l'autre éventualité. Supposons que Donna Anna *ait* été séduite.

Du coin de l'œil, Anna vit Anne faire au docteur Brompius un signe d'excuse, puis mimer celle qui est entraînée de force vers l'autre bout de la table, mais prend soin cependant de rester à portée de voix, de continuer tout au moins à suivre le mouvement de ses lèvres, bien qu'elle eût, contre son gré, à s'éloigner de plus en plus, tandis que sa main traînait faiblement le long de la table jusqu'à ce que, par la plus aveugle des chances, elle rencontrât un plat d'où tous les petits pains briochés n'avaient pas disparu.

— Or, que va dire Donna Anna si, de fait, elle *a* été séduite ? Deux possibilités lui sont offertes. Cela distingue ce cas du précédent, où nous avons vu qu'il était improbable de lui voir dire autre chose que la vérité. En l'occurrence, il se peut, comme auparavant, qu'elle dise la vérité. D'autre part, il se peut qu'elle dise un mensonge. Car en ce cas, contrairement à l'autre, nous pouvons aisément découvrir un mobile qui la pousserait à mentir.

Beaucoup plus loin le long de la table, Anne, un petit pain à la main, parlait à un groupe d'invités.

Anna regardait fixement les lunettes du docteur Brompius, qui lui rappelaient les ouvertures ménagées pour les yeux d'un antique masque à gaz.

— Au XVIIIe siècle, une femme qui avait été séduite était considérée comme déshonorée. Que cela fût fondé sur une conviction morale ou religieuse profondément enracinée ne nous concerne pas aujourd'hui. Il est possible que le concept de déshonneur n'ait pas été pris tout à fait au sérieux dans toutes les couches sociales. Il se peut même qu'il ait été regardé avec une pointe de cynisme, si typique de l'époque. Pour nous, toutefois, il suffit de savoir que c'était là la croyance conventionnelle, qu'elle fût vraie ou non. Pour notre dessein, il suffit de savoir que cela était cru pour être cru. Ici donc, nous avons le mobile de Donna Anna.

Continuant sa mimique à distance à l'adresse du docteur Brompius signifiant qu'elle ne faisait pas une telle chose, qu'elle n'oserait jamais la faire, qu'elle ne pourrait supporter de la faire, Anne quitta la pièce.

— Quand je parle de son mobile, je fais, bien entendu, allusion au mobile qui la pousse à mentir… si elle ment.

Car examinons ce que déclare effectivement Donna Anna. Elle dit – ou du moins le récit qu'elle fait à Don Ottavio l'implique – qu'elle *n'a pas* été séduite. Or, vous remarquerez que cela répond aux besoins d'une possibilité au moins dans chacune des éventualités que nous avons posées en postulat. Nous avons démontré que si elle n'avait pas été séduite, elle dirait qu'elle ne l'a pas été, et c'est bien ce qu'elle dit. Mais nous avons également démontré que si elle *avait* été séduite, il lui serait loisible de dire qu'elle ne l'a *pas* été, et c'est encore ce que, de fait, elle dit ou laisse entendre. En d'autres termes, nous ne sommes pas en mesure d'affirmer avec certitude, sur la base de la propre déclaration de Donna Anna à ce sujet, laquelle des deux éventualités que nous avons exposées a déterminé son mobile.

À la surprise d'Anna, il cessa de parler.

Elle attendit, mais il ne poursuivit pas. Il semblait plutôt attendre qu'elle parlât.

— Oui, oui, dit-elle d'une voix pensive. Mais je crains bien de ne pas voir encore la réponse.

— Nous avons, dit-il, réexposé le problème en termes un peu plus clairs.

— Oh ! oui. Je vois.

— Et si vous me demandez comment nous pouvons être sûrs que notre nouvel exposé est un peu plus clair, cela peut être soumis à un test empirique. Car de notre nouvel exposé du problème il ressort avec une plus grande clarté qu'auparavant qu'il n'est pas possible d'en tirer une réponse.

— Oui, dit Anna.

— Et vous ne voulez toujours pas prendre quelque chose ?

Il repoussa le plat sur la table.

— Cela vous semble peut-être une réponse peu concluante ?

— Pas du tout.

— Celui qui cherche la vérité doit parfois accepter des réponses peu concluantes. Cela vaut mieux que d'être induit en erreur.

— Beaucoup mieux.

— Il y a cependant une chose que nous pouvons affirmer nettement, sans crainte de contradiction.

— Vraiment ?

— Oui, vraiment. La voici. Si Donna Anna n'avait *pas* été séduite, il lui eût été absolument impossible – sociologiquement, historiquement et psychologiquement –, *absolument* impossible de dire qu'elle l'avait été.

— À moins d'aimer la discorde.

— Oh, je ne l'en crois pas capable, dit le docteur Brompius.

Une tierce personne se joignit à eux. Sans difficulté, sans surprise ni embarras, Anna reconnut Don Juan.

Le docteur Brompius l'enveloppa d'un regard de côté et se retourna, surexcité, vers Anna.

— Vous rappelez-vous que je vous ai dit qu'il était très intéressant que vous me parliez de cet opéra ? C'était parce que je savais déjà que ce monsieur était ici ce soir dans le personnage de Don Juan. Permettez-moi de...

— Nous nous connaissons déjà, dit Don Juan. Je suis venu réclamer Donna Anna.

DEUXIÈME PARTIE

6

— Vous vous êtes sauvée, dit-il. Pourquoi ?

Sa manche de soie noire frôlait le bras nu d'Anna tandis qu'ils se penchaient par-dessus la balustrade de la galerie des musiciens pour regarder les danseurs.

— Pour des tas de raisons. Je suis vieille.

— Pas plus que moi.

— Je crois que je le suis réellement. Mais n'est-ce pas là l'une des choses que l'on dit être différentes pour les hommes ?

— On le dit peut-être, mais je ne crois pas que ce soit particulièrement vrai.

— Si l'on veut oublier son âge, dit Anna, la veille du Nouvel An n'est pas très indiquée.

— Dites-moi une autre de vos raisons.

— Elles sont intimement liées. Je ne suis plus belle.

Il hésita un instant avant de demander :

— L'avez-vous jamais été ?

Elle réfléchit, elle aussi, avant de répondre :

— Eh bien, non. Évidemment non en ce sens. Mais je dois avoir eu cette sorte de beauté qu'ont tous les êtres jeunes. En tout cas, je dois être devenue un être humain horrible, puisque le Nouvel An m'emplit d'idées contre la jeunesse.

Il se mit à rire.

— Ne croyez pas que je ne sache pas ce que vous voulez dire. C'est une nuit pour la juvénilthanasie.

Elle se retourna pour le regarder, saisit le calembour et dit en souriant :

— Oui.

Il ne ressemblait en rien à la reconstitution qu'elle en avait faite tandis qu'elle était à sa recherche. Pourtant, face à face avec lui, son souvenir initial répondait à son évocation et confirmait que c'était bien lui et qu'elle savait parfaitement à quoi il ressemblait.

Elle se rappelait même, et de façon très précise, que vers le poignet, où elle était très resserrée, sa manche noire formait des petits plis horizontaux, comme une manche de Watteau.

— Mais, dit-il, jetant un regard de regret sur la salle de bal, il n'est pas besoin de violence. Le plus jeune d'entre eux deviendra vieux avec le temps.

— C'est ce que je pense toujours, dit Anna.

Au bout d'un certain temps, elle ajouta :

— Vous vous êtes sauvé, vous aussi.

— Non, *j'ai reculé pour mieux sauter**.

— Où avez-vous *reculé** ?

— Dans la bibliothèque.

— Ah, oui. J'avais oublié la bibliothèque.

— Ce qui ne me surprend pas, dit-il. C'est parce que vous n'êtes pas riche. Est-ce vrai ?

— C'est la seconde fois qu'on me le demande ce soir. L'autre personne était déçue que je ne le sois pas.

— Je serais déçu si vous l'étiez. J'aime la sympathie. Je pourrais dire que nous sommes, vous et moi, les Cendrillons de ce bal.

— Quel rapport cela a-t-il avec les bibliothèques ?

— C'est parce que les riches ont des bibliothèques, tandis que les gens comme nous ont des livres. Les gens comme nous lisent les livres. Les riches les font cataloguer.

— Anne les lit, je crois.

— Pour Anne, je n'en sais rien. Mais je suis parfaitement sûr que Tom-Tom ne lit pas.

— Le connaissez-vous bien, Tom-Tom ?

— Très bien.

Un instant après, il rectifia :

— Très bien sous un seul angle : au-dessous. Je travaille avec lui. C'est ainsi, du moins, qu'il présente la chose, ce qui est très gentil à lui. De fait, je travaille *pour* lui.

— Nous faisons partie de deux côtés différents de la nef : les invités du marié et ceux de la mariée.

— Mais vous ne travaillez pas pour Anne ?

— Non.

— Que...

— Êtes-vous resté tout le temps dans la bibliothèque ? demanda Anna.

— Oui, depuis le moment où vous vous êtes sauvée. J'y ai trouvé le vieux Grumpius, ou quelque chose comme ça.

— Il a sûrement l'habitude d'y être. Il travaille sur les documents musicologiques de Tom-Tom. Tom-Tom collectionne les partitions manuscrites et autres choses.

— C'est ce que m'a dit Grumpius, mais avec force détails. Heureusement, il a eu faim au bout d'un certain temps. Mais il a fait tout aussi bien d'être là parce qu'il a tout arrangé selon certain système dont le résultat est qu'on ne peut rien trouver sans son aide. Mais pourquoi en particulier ? À propos de l'endroit où j'étais, veux-je dire ?

— Aucune raison en particulier, dit Anna. Que cherchiez-vous ?

— La preuve. Pour vous convaincre qu'il est inutile de vous sauver.

— Vous l'avez trouvée ?

Il lui tendit une feuille de papier qu'elle déplia. En haut de la page était gravée l'adresse d'Anne et de Tom-Tom. Au-dessous, Don Juan avait copié au crayon :

... ce qui est vrai est qu'elle est l'une des victimes du héros, que Don Juan, à la faveur de l'obscurité, déguisé en Don Ottavio, a atteint le comble de son désir, et que le rideau se lève au moment où Donna Anna vient de découvrir la terrible vérité de sa trahison. Au XVIIIe *siècle, personne ne se méprit là-dessus. Il va sans dire que, dans le célèbre* recitativo accompagnato *où elle désigne Don Juan à son fiancé comme étant le meurtrier de son père, elle ne peut dire à Don Ottavio toute la vérité...*

Au-dessous, il avait ajouté :

Einstein, Mozart, *p. 439.*

Anna lui rendit le feuillet.

— Parmi toutes les autorités que vous devez avoir consultées, n'avez-vous pu en trouver qu'une pour appuyer vos dires ?

— Mais quelle autorité ! dit-il, remettant le papier dans la poche de son habit du XVIIIe. L'autorité des autorités.

— Soit dit en passant, déclara Anna, vous ne pouvez tuer mon père. Il est mort depuis dix ans.

— Ce n'est pas cet aspect de mon personnage qui m'intéresse ce soir.

— Et pourtant c'est cet aspect qui me préoccupe ce soir.

— De mon personnage ?

— Non, des choses en général. Cela vient s'interposer entre votre personnage et moi. C'est sûrement la raison pour laquelle je me suis sauvée.

Ils gardèrent un moment le silence. Anna se déplaça légèrement, de sorte que son poignet, au lieu de ses coudes, reposa sur la balustrade ; ainsi, elle ne touchait plus Don Juan. Elle croisa les mains. Elle avait conscience du regard de Don Juan qui se dirigeait un peu de côté vers elle, pas assez pour l'envelopper tout entière, mais ses mains et, probablement, son alliance.

— Sérieusement, dit-il, s'il en est ainsi, raison de plus pour ne pas vous sauver.

Elle n'eut pas un geste.

Elle le sentit se mouvoir. L'un de ses bras restait tendu, celui qui reposait sur la balustrade, mais il s'était tourné pour se tenir derrière elle, peut-être afin de pouvoir la toucher de nouveau – le dos d'Anna pouvait le sentir faiblement –, ou peut-être afin de parler derrière elle avec la voix d'un tentateur.

— Il n'y a qu'une réponse à des pensées de cette sorte, dit-il derrière elle.

Elle ne répondit pas.

— Sérieusement. C'est un fait psychologique bien connu. Les pensées obsédantes sur la mort sont en proportion inverse de la fréquence des rapports sexuels.

Elle ne fit aucun mouvement.

— Dites-moi, demanda-t-il d'une voix rauque. Depuis combien de temps ? À quand remonte votre dernière aventure ?

Pendant un certain temps, il sembla qu'elle n'allait toujours pas répondre. Puis elle se retourna complètement, appuya le dos à la balustrade et le regarda bien en face, fouillant profondément son masque.

— L'année dernière, dit-elle, son propre visage changé en masque.

— Oh ! mais ce soir, dit-il vivement, *ce soir*, cela pourrait signifier...

— Oui, dit Anna.

Elle le regarda fixement un instant de plus, puis se retourna et contempla la salle de bal.

Le mouvement s'était intensifié. Certaines des lumières avaient été éteintes. Le bruit des conversations et des rires montant des abords de la salle ainsi que des pièces et des couloirs plus brillamment éclairés qui l'entouraient indiquait que les gens qui ne dansaient que socialement poursuivaient ailleurs leurs buts sociaux et s'étaient éloignés du bal, n'y laissant que les couples qui s'intéressaient sérieusement soit à la danse, soit à eux-mêmes. L'orchestre jouait d'ailleurs moins bruyamment et plus intensément, ne donnant qu'un concentré de son intention musicale accessible aux connaisseurs.

Don Juan s'écarta de Donna Anna. Elle se rendait compte qu'il s'était avancé jusqu'au renfoncement, au bout de la galerie, petit emplacement noir et poussiéreux, invisible de la salle de bal.

Quelques danseurs parlaient entre eux. L'orchestre avait presque renoncé à la mélodie. Hormis quelques mesures d'un seul trait, l'unique bruit qu'il faisait était celui d'un sac de haricots secs qu'on agite, comme si l'on secouait des graines dans une gourde. Du bal, le seul bruit qui se faisait entendre était un piétinement concerté, comme un soupir rythmique et haletant, ou un tamisage répété de sucre roux avec une cuiller tenue par quelqu'un dont la pensée est concentrée sur autre chose.

Don Juan revint vers elle.

— Saviez-vous qu'il y a là un rideau ?

— Un rideau ?

Ils parlaient à voix basse en raison du calme de la salle de bal.

Anna le suivit jusqu'au bout de la galerie. Bien tiré en arrière et serré, et rangé hors de vue, il y avait un immense et lourd rideau de brocart jaune foncé, qui évoquait le mot *génois*.

— Tom-Tom et Anne doivent avoir eu ici des spectacles d'amateurs, dit Don Juan.

Il prit le rideau à pleines mains et tira. Il glissa aisément le long de la tringle au-dessus. Ses anneaux, qui devaient être de corne, et non de cuivre, faisaient un cliquetis comme les lames d'un éventail ou la queue d'un paon. De la poussière tomba de l'étoffe. Anna toussa légèrement.

Saisissant un grand pan du rideau, Don Juan s'en enveloppa ainsi qu'Anna.

— Maintenant, nous sommes vraiment à l'opéra. Nous avons une loge.

Elle écarta un pli au bord du rideau et le maintint de façon à pouvoir regarder au-dehors. Lui, plus loin dans le renfoncement et plus profondément caché dans le rideau, ne faisait même pas semblant de chercher à voir.

À l'extrémité la plus éloignée de la salle de bal, l'homme en forme d'œuf avançait vers la porte à deux battants comme s'il allait la pousser et quitter le bal. Mais des danseurs s'interposèrent entre lui et la vision d'Anna et elle ne put voir s'il était sorti ou non.

Amorti sous le rideau, le bras de Don Juan, comme l'ombre d'une branche au soleil du printemps, se posa sur le dos d'Anna. Sa main, prenant la forme d'une fleur préhensile à cinq pétales de chair, lui entoura la poitrine. Elle ne se rapprocha ni ne s'éloigna de lui. Il pencha sa tête vers le cou d'Anna. Elle sentit le contact velouté et fortuit de son masque avant celui de ses lèvres chercheuses. Au bout d'un instant, elle dit : « Non. » Elle n'avait toujours pas bougé, mais le fait même que sa chair ne s'abandonnait pas donna l'impression qu'elle le repoussait. Les lèvres de Don Juan s'attardèrent encore un moment sur son cou. Puis il la lâcha et se recula un peu.

Ruth Blumenbaum était presque sans pensées. Elle ne pouvait percevoir qu'une lointaine lueur de conscience qu'elle savait être la crainte de voir finir la danse. Pour le moment, Edward et elle ne faisaient qu'un dans la presque absence de pensées : la télépathie de n'avoir rien à se communiquer. Il dansait avec elle non pas à sa façon habituelle, relâchée et pleine d'entrain, mais très proche. La chaleur engendrée entre eux les unissait comme un couple au coin du feu : un couple de vieux paysans par une nuit d'hiver médiévale, une nuit longue, presque interminable. La joue moite d'Edward était pressée contre la sienne comme s'ils n'allaient plus jamais pouvoir se décoller. Leurs deux joues eussent pu être deux fragments d'une porcelaine brisée réunis et maintenus ensemble pour faire adhérer la colle. Les poils raides de la barbe du jeune homme, sur sa mâchoire, entraient dans la peau de Ruth, presque au point de lui être douloureux, mais sans jamais franchir cette limite, l'empêchant, au contraire, de tomber dans un complet automatisme : ils retenaient son intérêt parce qu'ils étaient l'apanage des hommes et que cette sensation physique était pour elle presque un plaisir, un stimulant. C'étaient de minuscules crochets, presque érotiques, des aiguilles frémissantes, des centaines de petits grappins qui l'attachaient à lui. À travers le mince costume de soie de son partenaire, elle pouvait sentir sa chaleur et sa transpiration et le contour précis de sa poitrine. Ses cuisses gainées de soie blanche se mouvaient en parfait accord avec les cuisses gainées de soie noire. Cet accord était si parfait que leurs cuisses se mouvaient à peine, étaient à peine dirigées par la volonté, mais devenues des nageoires automatiques qui s'agitaient pour les maintenir tous deux en équilibre dans le flot. Pourtant, elle craignait la rébellion d'Edward contre tout cela quand cesserait la musique.

— Vous n'avez pas peur d'être une garce, n'est-ce pas ?
— Pas particulièrement, dit Anna.
— Pourquoi ?

— Pourquoi le serais-je ? J'ai fait l'expérience du désir frustré. C'est une chose que je ne crois pas différente pour les hommes.

— Vous voulez dire que vous l'avez expérimenté et que ce n'était pas si terrible ?

— Oh, terrible, dit-elle en haussant les épaules. C'est supportable.

— Tout ce que les gens ont à subir est supportable, dit-il. C'est un pauvre argument. Cela justifierait n'importe quoi.

Sa voix, à dessein, était hargneuse et pleine de ressentiment.

La musique s'arrêta. Les lumières supplémentaires furent de nouveau éteintes. L'orchestre se mit à jouer quelque chose de gai. L'air, se répandant à travers la maison, commença à attirer plus de gens vers le bal.

— Voilà qui nous ressemble davantage, dit Edward.

Il ne prit Ruth par la main que pour l'écarter brusquement de lui.

— Allons, mettons un peu d'animation dans cette soirée.

— Bon. De quoi allons-nous parler à présent ? dit Don Juan d'une voix amère.

Il prit le rideau, qui était maintenant entièrement en sa possession, en fit un rouleau et lui donna la forme d'un joug qu'il se passa autour du cou, comme un personnage de la Commedia dell'Arte qui fait semblant de se pendre.

— Vous dirai-je l'histoire de ma vie ?

— Gardons notre anonymat, dit Anna. Au moins ça.

— Voulez-vous dire que c'est tout ce qui nous reste ?

— Eh bien, c'est déjà quelque chose, dit-elle, quelque chose de romanesque.

Puis, répondant à sa question :

— Ce que je veux dire est ceci : que saurions-nous vraiment de plus si nous savions tout l'un de l'autre ?

— Avez-vous remarqué à quel point ce bal est métaphysique ? dit-il. Tous ces gens qui se cognent les uns dans les autres et se demandent : « Qui êtes-vous ? » même s'ils se connaissent depuis des années.

— C'est vrai, dit Anna.

— Quelle est la psychologie des bals costumés ? demanda-t-il négligemment.

— Je ne sais pas. Je n'étais encore jamais allée à un bal costumé.

— Moi non plus.

— Je ne sais pas, répéta-t-elle. S'habiller, peut-être. Tout le monde aime à s'habiller, les enfants, du moins.

— Pour ma part, depuis que j'ai cessé d'être un enfant, j'ai toujours préféré me déshabiller.

— Oh ! vous auriez dû venir nu, dit-elle d'un ton quelque peu sarcastique et impatient. Tout le monde aurait vu que vous étiez Don Juan au premier coup d'œil.

— Bah, ce n'est de toute façon qu'un semblant, comme vous me l'avez fait comprendre. Je ne suis pas un empereur et n'ai pas été invité à ôter mes vêtements neufs.

— Quelle différence cela eût-il fait en fin de compte ?

— Aucune, je suppose, dit-il ironiquement. Mais c'est au commencement que je pensais.

— Nous étions destinés à ne pas aller en mesure, car c'est la fin qui ne me sort pas de l'esprit.

— Rudy, mon chéri, dit Myra Blumenbaum de sa faible voix, douce et distinguée, tu ne danses pas en mesure.

— Pas en mesure avec toi, dit-il de son ton le plus taquin, mais avec la musique.

— Oh ! dit-elle, l'air offensé. C'est peut-être vrai.

Mais elle avait généralement l'air offensé, même quand elle ne l'était pas.

— Puisque je ne vais pas le cocufier, je trouve que vous me devez des renseignements sur votre mari. Ou est-il mort depuis dix ans, lui aussi ?

Ils étaient de nouveau penchés sur la balustrade, le bras en parallèle avec le bras, la joue en parallèle avec la joue, mais sans se toucher. Anna avait laissé tomber ses mains jointes qui, depuis le poignet, se trouvaient au-dessous du niveau de la balustrade, mais non hors de la vue de Don Juan. Elle se rendait compte qu'il avait tourné la tête à un angle de dix degrés et sentait son regard brûlant attaché à ses mains.

— Mon mari… commença-t-elle.

Puis elle s'interrompit, fit tourner son alliance et reprit :

— Je vous en prie, restons anonymes.

— Bien, mais cela restreint la conversation.

— Pas nécessairement. Dites-moi quelle sorte de personne vous êtes. En termes généraux.

— Je ne pense pas en termes généraux.

— À quelles choses pensez-vous ?

— À Mozart et au sexe, dit-il.

— À rien d'autre ?

— À rien d'autre en termes généraux. Et vous ?

— À Mozart, au sexe et à la mort, dit-elle.

Après une pause, tous deux éclatèrent de rire.

— Qu'est-ce qui vous a fait venir à ce bal costumé, demanda-t-il un peu plus tard, puisque vous n'avez pas l'habitude d'aller à des bals ?

— Pour faire plaisir à Anne, je suppose. Non. J'ai assez d'affection pour Anne pour lui déplaire si j'en ai envie. C'est probablement parce que c'était un bal du XVIIIe.

— À cause de Mozart ?

— Sans doute. Et vous ?

— Oh, je n'ai jamais auparavant été invité à un bal. Mais peut-être ne serais-je pas venu pour un autre siècle.

— Quelle est la psychologie des bals en costumes historiques ? demanda-t-elle.

— Je ne sais. C'est notre enfance, je suppose. Je suis réellement ici, ajouta-t-il, parce que je voulais voir la maison. Je n'y étais jamais venu.

— Je suis venue voir la maison pleine de gens du XVIIIe. Mais naturellement, pour des raisons subtiles, il y a quelque chose de discordant.

— Ce sont les visages, dit-il.

— Des visages truqués. On croit qu'ils pourront passer et puis, à la dernière minute, cela ne passe pas. Tout comme le mien ne passera pas pour dix-sept ans.

— Je ne vois pas pourquoi vous le voudriez, dit-il.

— Vous avez eu le bon sens de cacher le vôtre, dit-elle. C'est une chose facile à dire derrière un masque.

— Voulez-vous que je l'ôte ? demanda-t-il, y portant la main.

— Non, dit-elle vivement.

Il laissa retomber sa main.

— Je pourrais vous connaître, dit-elle.

— Je vous assure que non. Moi du moins, je ne vous connais pas. Vous n'avez pas à redouter que je sois votre mari. Ni votre frère ni votre oncle.

— Vous devez penser, dit-elle, que je vis dans un monde d'opéra où se déguiser le haut du visage est déguiser le tout et où les femmes ne sont jamais surprises que le baryton qu'elles ont épousé ait, en une soirée, été changé en ténor, ou même en soprano.

— Peut-être les héroïnes d'opéra sont-elles insensibles au ton.

— Eh bien, certains chanteurs, évidemment…

— La prochaine fois que nous nous rencontrerons, je n'aurai pas de masque. Me reconnaîtrez-vous ?

— Nous ne nous rencontrerons plus.

— Comment pouvez-vous en être sûre ?

— Je ne puis en être sûre, mais les chances en sont aussi minces que celles de commettre un inceste dans une aventure avec un inconnu masqué.

— De telles chances dépendent de l'importance de sa famille.

Elle se mit à rire.

— Et notre prochaine rencontre dépend de l'importance de la compagnie. Ne voyez-vous pas qu'il a fallu un vrai coup de chance, que Tom-Tom et Anne ont dû jeter un grand coup de filet pour nous réunir *une fois* ?

À propos, aimez-vous la maison, maintenant que vous l'avez vue ?

— J'en avais vu l'extérieur. Je savais qu'elle serait jolie. Mais, en vérité, l'intérieur… c'est joli, mais je suis déçu. Cela ne satisfait pas mon sens historique. Est-ce trop orné ? Truqué ?

— Ou pas assez truqué ?

— Que voulez-vous dire ?

— Eh bien, comme ils sont riches, la plus grande partie de l'ameublement *est* du XVIIIe, de sorte qu'il a l'air un peu délabré. Au XVIIIe siècle, les choses n'avaient probablement pas l'air de dater de deux cents ans.

— Oui, c'est peut-être ça, dit-il.

Il se retourna et son dos se trouva contre la balustrade.

— Vous ne voudriez sûrement pas avoir de nouveau dix-sept ans ?

— Votre masque ne cache pas votre association d'idées, dit Anna.

— Ce n'était pas mon association d'idées.

Il se tourna de nouveau vers la salle et baissa la tête. Mais le masque ne cacha pas une légère rougeur.

— Je n'ai *pas* envie d'avoir dix-sept ans, dit Anna plus doucement, mais seulement d'être à même de passer pour les avoir.

— Je crois que c'est un souhait erroné, murmura-t-il.

Après avoir regardé dans la salle pendant une minute, il reprit :

— Toute préoccupation d'ordre historique est une préoccupation au sujet de notre propre passé. La question qui reste sans réponse est : à quoi cela ressemblait-il de vivre alors ? Mais, bien entendu, vivre en 1787 ne ressemblait à rien d'autre, pas plus que d'avoir dix-sept ans, ou sept ans. Les gens vivaient et existaient, tout simplement.

— Tout de même, les visages du XXe siècle *sont* différents.

— Oui, ils vendent la mèche.

Et, la regardant de côté :

— Vous blâmez les visages d'être du XXe siècle et les meubles de ne pas l'être.

— Et pourquoi pas ? La vie n'est pas arrangée selon des principes moraux. Elle n'est pas *juste.*

— Non, elle ne l'est sûrement pas.

— En réalité, la plus jolie pièce de cette maison est presque complètement truquée, dit Anna. C'est la chambre d'Anne.

— Ah ! Naturellement, je ne l'ai jamais vue.

— Pas plus que je n'ai vu le bureau où Tom-Tom travaille. Je pourrais le voir, je suppose, si j'en avais envie.

— Il n'y a aucune raison pour que vous en ayez envie. Il n'y a rien de joli dans le bureau de Tom-Tom.

— Il n'y a rien de laid dans la chambre d'Anne... Pourtant, vous pourriez n'en pas aimer l'aspect. Vous pourriez dire que c'est du rococo de cocotte. Ce n'est pas ça, rectifia-t-elle. C'est déloyal à moi de l'avoir seulement suggéré...

Puis elle rectifia de nouveau :

— Non, je ne me sens pas déloyale. *C'est* du rococo de cocotte. Mais je l'adore.

— Votre description est très alléchante, dit-il.

— C'est alléchant. Comme du sucre. Comme des pastilles de menthe.

— C'est drôle, dit Edward, venant assez près de Ruth pour lui parler, mais encore essoufflé par les pas endiablés qu'il venait d'exécuter tout seul, quand je dansais avec cette Mme Machin, quelqu'un a jeté d'en haut un tas de pastilles de menthe.

Sa tête indiquait la galerie de façon significative. Le regard de Ruth suivit son geste.

— Elle est maintenant là-haut, dit Ruth.

— Qui donc ?

— Anna. Avec un homme.

Il se retourna pour regarder, puis continua de danser.

— Je n'arrive pas à comprendre qu'on puisse avoir envie de passer la soirée à regarder simplement les autres danser.

— J'imagine qu'Anna est trop vieille pour danser beaucoup, dit Ruth.

— Oh, je n'en sais rien, dit Edward. Voyez la façon dont votre père a sauté toute la nuit comme une sauterelle.

— Oui, mais papa n'est pas un vieillard. Maman n'a pas beaucoup dansé. Et seulement avec papa.

— Je suppose qu'Anna Machin est allée là-haut pour peloter son homme, dit Edward. Mais c'est joliment idiot de choisir un tel endroit. Ils ne peuvent pas faire l'amour là-haut, où tout le monde les verrait.

En dansant avec Ruth, il était parvenu au bout de la salle, près de la galerie. Il leva les yeux, attendit sa chance, croisa le regard d'Anna et lui envoya un baiser.

Elle lui fit signe de la main.

— Qui est-ce ? demanda Don Juan.

— Je ne connais pas son vrai nom. Pour ce soir, c'est Casanova.

— Quel jeune Casanova !

— La jeune fille, dont je connais le vrai nom, est Chérubin.

— Ce qui est amusant, c'est que, bien qu'elle soit si brune et qu'il soit si blond, ils se ressemblent.

— C'est leur commune jeunesse.

— Et, bien entendu, ils ont le même costume, l'un noir, l'autre blanc.

— Le blond est en noir et la brune en blanc.

— On dirait presque le frère et la sœur, dit Don Juan, les regardant danser et regagner la foule, où ils se perdirent. Ou peut-être devrais-je dire deux frères.

— L'inceste vous obsède, dit Anna.

— Anne, ma chérie. Quelle robe charmante ! C'est du lamé, n'est-ce pas ?

— Rudy, mon cher ami.

— La soirée est charmante, elle aussi.

— Je suis contente que vous vous amusiez.

— Oh, nous nous amusons bien ! Vous reconnaissez Myra, n'est-ce pas ?

— Oui, bien entendu. Nous nous sommes souvent rencontrées… sans jamais rien trouver à nous dire.

Anne et Myra se sourirent longuement. Rudy se sentait incapable de rompre le silence de sa femme. Anne réfléchit avant de poser la question qui s'imposait : qui était Myra ? Mais il y était répondu d'avance par le fait évident qu'elle n'était rien… rien d'autre que Myra. Son costume était tout simplement l'une de ses robes du soir habituelles : du crêpe drapé gorge-de-pigeon, choisi parce qu'il ne faisait aucun bruit, même secoué violemment, ce que Myra n'eût jamais fait… ni encouragé personne à faire, choisi à grands frais pour donner autant que possible l'impression qu'elle n'était pas là, et pour écarter cependant autant que possible l'idée de la laisser nue. Anne lui dit enfin :

— Ruth est ravissante en Chérubin.

Et, au même instant, Rudy dit à Anne :

— Accordez-moi une danse, ma chère Anne.

— Ce serait avec plaisir, Rudy, mais c'est impossible. Auriez-vous vu Anna ?

— Anna ? J'ai dansé avec elle il y a un certain temps déjà. Nous avons été séparés.

— Il *faut* que je la trouve. Je veux m'assurer qu'il ne lui est rien arrivé de mal. Je lui ai fait une chose si affreuse !

— Ça, je ne peux le croire, dit Rudy. Je croyais que vous vous entendiez comme larrons en foire.

— Oh ! mon Dieu, dit Anne. Vous ne m'en donnez que plus de remords. Il faut que je la trouve. Je l'ai laissée entre des tentacules. Les tentacules d'une sorte de pieuvre. Il me rappelle toujours une pieuvre. Il est si protubérant ! Je sais, mon cher, que je le suis moi-même. Il se peut que je rappelle aussi aux gens une pieuvre. Mais il est si affamé ! Je crains qu'il ne l'ait mangée…

Anne les quitta et Myra dit d'une voix douce, pleine d'inquiétude et de sérieux :

— Oh ! Rudy. C'est affreux pour Anna.

— Était-ce une pastille de menthe, demanda brusquement Ruth à Edward, qu'elle vous faisait manger, en la sortant de sa bouche, pour ainsi dire ?

— Vous étiez là ? Je croyais que vous écriviez votre journal.

— J'étais revenue.

— Ah !

— L'avez-vous vraiment mangée ? dit Ruth. Comment avez-vous pu !

— Bien sûr que je l'ai mangée. Que diable voulez-vous faire d'autre avec une pastille de menthe ?

— Casanova assistait à la première de *Don Giovanni*. Le vrai Casanova, veux-je dire. Le saviez-vous ?

— Oui, répondit Anna sans trop d'emphase. La première représentation eut lieu le 29 octobre 1787.

— Grand Dieu ! Comment pouvez-vous vous en souvenir ?

— Mais vous vous en souvenez, vous aussi. L'année, en tout cas.

— Comment savez-vous que je m'en souviens ?

— Parce que vous avez dit que vivre en 1787 ne devait ressembler à rien d'autre.

— Vraiment ? Je n'y ai pas fait attention. Je n'ai pas cité l'année consciemment, veux-je dire. En tout cas, je venais tout juste de consulter les ouvrages de référence. Tout cela vous reste dans la tête.

— Il n'y a rien de miraculeux, dit Anna. D'abord, j'ai fait autrefois des recherches sur *Don Giovanni*...

— Les avez-vous fait publier ? l'interrompit-il vivement. Je les lirai.

— Sous mon nom de jeune fille.

— Cela ne me paraît pas être un obstacle. Vous oubliez que je ne connais même pas votre nom de femme mariée. Étiez-vous une jeune fille quand cela a paru ?

— Il y a longtemps, mais pas aussi longtemps que ça.
— Quand...
— Ensuite, dit Anna, j'ai la mémoire des chiffres.
— Vous semblez incapable d'oublier certains chiffres, votre âge, par exemple.
— Vous avez tout à fait raison, dit-elle, tournant la tête et le regardant un moment. Ce n'est pas un don. Ce n'est pas enviable, veux-je dire.
— Mais vous avez d'autres dons. Ainsi, vous êtes musicienne.
— Assez, dit-elle. Rien d'exceptionnel.
— Je crois qu'il vaut mieux taire ce que je crois être vos autres dons. Je pourrais vous mettre en colère.
— Alors n'en faites rien, dit Anna.
Après un silence, elle ajouta :
— En réalité, *j'ai* un autre don que vous ne connaissez pas.
— Allez-vous me le démontrer ?
— C'est impossible, au milieu de tous ces gens. Je ne veux pas, ajouta-t-elle, parler de *ça*.
Mais il rit... avec plaisir.

— N'avez-vous pas vu Anna ?
— Pas depuis des siècles, dit Lady Hamilton. Elle a disparu toute la nuit.
— Oh, mon Dieu ? Excusez-moi, ma chère.
— Anne ! s'écria Lady Hamilton en courant après elle. Je vous cherchais. Je voulais vous remercier.
— Vous ne partez pas ?
— Il le faut. Je tombe de fatigue.

— Restez pour le concert. Ce sera bientôt.

— Je tombe de fatigue.

— Oh, mon Dieu ! Quel dommage, dit Anne.

— Au revoir. J'espère que vous allez trouver Anna, dit Lady Hamilton, voyant de qui Anne était réellement préoccupée.

— Où ont-ils trouvé les lustres ? demanda Don Juan.

— C'est Anne qui les a achetés. Dans une maison du XVIIIe, à Dublin, qui était mise en vente.

Il y avait trois lustres placés en ligne droite au milieu du joli plafond de stuc, divisant la salle de bal en trois baies calmes et somptueuses. Ils n'étaient pas éclairés, parce que Anne s'était refusée à les gâter en les faisant raccorder à l'électricité, mais les autres lumières les faisaient étinceler.

— Je souhaite souvent être assez grande pour les porter, dit Anna.

— Vous seriez un monstre. Vous auriez besoin de trois oreilles.

Anne jeta un coup d'œil dans la bibliothèque, aperçut le docteur Brompius qui s'y trouvait seul et lui rappela un monstre, ébaucha l'idée d'un « Dr Pieuvre » et referma la porte.

— Chacun d'eux, dit Don Juan, me rappelle un air très orné pour un soprano approprié à Mozart. C'est la façon dont chaque morceau de cristal tombe dans l'espace, comme une note, comme un dessin mélodique.

Et, bien entendu, le scintillement, le feu sont une vraie coloratur.

— De fait, ils peuvent chanter, dit Anna.

— Vous voulez dire qu'ils tintent s'il y a du vent ? Ou que l'on peut grimper jusque-là pour les secouer ?

— Oui, mais ils le font aussi spontanément. Ils vibrent par sympathie si vous choisissez la note qu'il faut.

— Connaît-on cette note ?

— Un *la* naturel. Si tous ces gens n'étaient pas là, je vous ferais une démonstration.

— J'espère que vous réussiriez du premier coup. Je détesterais voir votre démonstration manquée.

— Oh, tout se passerait bien. Sinon, je ne vous offrirais pas de démonstration.

Elle se tut un instant et ajouta :

— J'ai l'oreille absolue.

— C'est là votre autre don ?

Elle se tourna de côté, appuyant sa hanche contre la balustrade et considérant son profil.

— Mon seul don.

Il se tourna pour lui faire face. Une main posée sur la balustrade, il avait négligemment croisé une jambe sur l'autre. Son costume de soie noire bien ajusté chatoyait. Il était mince, assez grand, élégant, détendu : Arlequin. Sous son masque, il était mi-appréciateur, mi-provocant. Il dit enfin :

— Je trouve que c'est absolument parfait.

— Oui, c'est bien ça. Parfait, dit-elle sans baisser les yeux.

— Je ne veux pas seulement parler de l'oreille absolue, je veux dire que c'est parfait pour vous.

— Je sais que vous le pensez. C'est simplement un don parfait et complètement isolé. Je suis assez musicienne, mais cela n'a rien à voir avec ce don. C'est une chose à part qui n'est bonne à rien ni à personne. On n'en peut rien faire, on n'en peut rien tirer, sinon accorder des pianos. Je n'y peux rien. Il s'agit de quelque chose d'un peu fantastique, de tout à fait hors de propos. Comme la forme de quelque créature marine exotique située non seulement très bas dans l'échelle des êtres vivants, mais tout à fait hors du courant principal de l'évolution. Cela existe, tout simplement. C'est parfait. Mais pourquoi ?

— On pourrait lui croire assez d'expérience, dit Edward, pour ne pas aller là où tout le monde peut vous voir.

7

— Il me fallait bien me sauver, dit Anna. C'était la seule chose à faire.

— Vraiment ?

— Ne comprenez-vous pas ?

— Vous ne pouvez naturellement pas vous attendre à ce que mon point de vue soit le même.

— C'était là au moins *quelque chose* à faire, quelque chose à *faire*, veux-je dire. Il n'y a rien de pis que d'attendre passivement que les choses se fassent.

— Oui. Ça, je le comprends en un sens, dit-il. J'ai souvent pensé que ce devait être là l'une des difficultés d'être femme.

— Ce n'est même pas le fait d'être femme. Cela arrive à celui qui n'est pas le partenaire actif. Une femme, veux-je dire, peut faire les avances. Je l'ai fait autrefois. Mais alors vous ne pouvez que mettre l'homme dans une situation intolérable. C'est comme si l'on était un malade qui attend qu'on le traite, ou un acteur qui n'a rien à faire de ses mains et préférerait de beaucoup être obligé d'en faire quelque chose de très difficile.

— Tout de même, dit-il, ce n'est pas toujours facile d'être le partenaire actif et d'agir carrément.

— Non, évidemment non.

— Vous pouvez faire un faux calcul et manquer le but.

— Oui.

— Comme je l'ai fait.

Il lui jeta un bref regard.

— Oui, dit-elle sans le regarder. Vous êtes-vous travesti en Don Juan dans le but de trouver quelqu'un à séduire ? demanda-t-elle.

Il hésita avant de répondre :

— Je ne sais si vous trouverez ceci flatteur ou non. À parler franc, non. Cet aspect du personnage – bien qu'il soit le seul évident – ne m'est réellement pas venu à l'idée avant de vous avoir rencontrée. Je pensais davantage à Don Juan en tant que rebelle de la société.

— Vous êtes un rebelle de la société ?

— Plus exactement un proscrit social. Il serait plus vrai de dire que c'est la société qui m'a rejeté, et non moi qui l'ai rejetée. Elle n'est pas disposée à me payer pour faire les choses que j'aime, qui sont principalement passives et inutiles, comme écouter du Mozart, et il me faut ainsi faire une besogne que je crois tout à fait inutile, mais que la société appelle « un honnête travail quotidien ».

— Il n'y a pas de *classe* qui se soucie de Mozart, dit-elle.

— Non.

— Il n'y en a jamais eu. Lorsqu'il travaillait pour l'archevêque de Salzbourg, il mangeait à la table des domestiques. Au-dessus des cuisiniers, mais au-dessous des valets.

— Dans des soirées comme celle-ci, je hais les riches, dit-il.

— Oui.

— Presque autant que je hais les pauvres.

— Oui. Je vois. Vous êtes un proscrit.

— Pas vous ?

Au lieu de répondre, elle dit, tout en abaissant son regard sur les danseurs :

— Au début de cette soirée, j'avais l'impression de savoir ce que pensaient tous ces gens dans la salle de bal. Maintenant, j'ai l'impression de ne pas savoir ce qu'est un seul d'entre eux. Ils sont si ouvertement ici pour prendre du plaisir. Je me demande comment ils n'en sont pas gênés.

— Pourquoi le seraient-ils ?

— Encore cette passivité, dit-elle. Si je me dis : « Maintenant, je me mets à rechercher le plaisir », je me sens l'esprit vide, je ne sais que faire de mes mains. L'une des choses les plus courageuses à l'actif du XVIIIe siècle est que les gens jouissaient franchement des parties de plaisir.

— Oh, cela faisait partie, dit-il, des dispositions d'esprit aristocratiques, ce qui a cessé d'exister. De nos jours, tout est si sordide. La première chose que fait Tom-Tom quand il arrive au bureau le matin est de consulter le *Times* pour s'assurer que le cours de ses actions n'a pas baissé. Il ferait tout aussi bien d'ôter ses chaussettes pour s'assurer que sa voûte plantaire ne s'est pas affaissée. Ce sont des choses que les aristocrates ne faisaient pas.

— Oh ! dit-elle, je me demande si les dispositions d'esprit aristocratiques ont jamais existé.

— J'ai toujours pensé que oui, jusqu'à la Révolution française.

— Et pourtant, même avant la Révolution française, toute œuvre d'art contenait une Révolution française. J'entends par là toute grande œuvre d'art.

— C'est une remarque très impressionnante, dit-il.

— Elle peut même être vraie, dit-elle. Quand Don Juan donna une partie de plaisir, elle finit dans la Terreur. Une statue vint au souper et l'emporta en enfer.

— Vous avez, jusqu'à un certain point, justifié votre remarque.

— Et puis, dit-elle, ces gens qui vont à des parties de plaisir dans les peintures de Watteau, dans ces jolies barques qui ont l'air de lits rococo. Ou *Così*, qui est une énorme partie de plaisir.

— Eh bien ?

— Eh bien, ils sont si tristes, dit-elle. Ce sont de tragiques œuvres d'art.

— Oh, c'est parce que les gens doivent mourir, dit-il. Le plaisir doit alors prendre fin.

— Je croyais, dit-elle, que c'était vous qui me reprochiez cette idée.

— Bon Dieu !

Elle se mit à rire.

— Néanmoins, reprit-il, je vous la reproche. C'est une idée qui doit être surmontée.

— Vous m'avez déjà donné votre ordonnance.

— Je voudrais la rectifier.

— Bien. Rectifiez.

— L'ordonnance est simplement : « Soyons courageux. » C'est la morale de *Don Giovanni*. C'était l'homme le plus courageux du monde. La mort vient. Bon, elle vient. Quoi qu'il arrive, il ne faut pas se laisser intimider par l'idée de Dieu et du Diable.

— Et vous ne vous laissez pas intimider ? demanda-t-elle.

— Non. Et vous ?

— Non.

— Je ne puis tout simplement pas, dit-il avec un air d'impuissance, voir ces choses de la même façon que les autres semblent les voir. Ou comme ils prétendent les voir. Ou comme ils croient les voir.

— Comment cela, par exemple ?

— Eh bien, ces gens en bas, commença-t-il, secouant violemment la tête pour les désigner, ou au moins la moitié d'entre eux, y compris bon nombre des plus âgés, prendraient la plupart des choses que je tiens pour tout à fait désirables – comme le fait de vous séduire – pour mauvaises ou stupides, stupides parce qu'il n'y a là aucun profit d'argent. Tandis que ce qui me semble à moi criminel, c'est une grande partie des choses qu'ils font pour gagner leur vie et presque tout ce qu'ils font pour leur plaisir.

— Par exemple ?

— Par exemple... eh bien, le fait de tuer les animaux.

Après avoir observé un moment ses poignets tandis qu'elle les tournait de côté et d'autre, Anna dit avec circonspection :

— Je trouve, moi aussi, plus facile d'aimer les animaux que les gens. Et les choses que les animaux.

— Pour les choses, je ne vous suis pas, dit-il.

— Vous n'êtes pas aussi vieux que moi. C'est cette remarque qui nous faisait blêmir à dix-sept ans. N'est-il pas bizarre d'avoir assez vécu pour la faire soi-même ? Votre prescription, par parenthèse, me paraît trop passive.

— Peut-être préféreriez-vous revenir à la première ?

— Non.

— Et pourtant, dit-il, tout en ne voulant pas l'attendre passivement, vous aviez presque adopté la première, n'est-ce pas ?

— Presque, avoua-t-elle. Elle avait l'attrait de l'iconoclasme. Ce soir, je détestais les riches, moi aussi. Elle m'attirait parce que les femmes d'âge moyen, de classe moyenne, ne font pas l'amour... au milieu de la nuit avec des hommes masqués.

— Elles ne le font toujours pas, dit-il, ébauchant une invitation en inclinant la tête et la regardant de biais.

Elle secoua la tête.

— On ne peut être courageux passivement, dit-elle. D'où la guillotine. Je crois que Don Juan avait parfaitement raison de passer son temps à séduire les femmes jusqu'à pousser l'Enfer à venir le chercher prématurément. Je n'attendrai pas non plus la mort.

— Voulez-vous dire que vous la devancerez ?

— Oui. Du moins ne souffrirai-je pas qu'on me la donne. Puisque cela doit être fait, je le ferai moi-même. Comme lorsqu'on enlève soi-même le taffetas gommé d'un pansement.

Puis elle ajouta d'une voix légèrement sardonique :

— Ne vous inquiétez pas... ce n'est pas ce soir que je le ferai. Pas d'ici longtemps. Pas de certainagethanasie. Juste un jour avant que cela puisse m'être fait.

— Vous êtes parfaitement sérieuse, n'est-ce pas ?

— Parfaitement, dit-elle d'un ton frivole, mais je ne saurais choisir cette nuit, cela gâcherait la soirée d'Anne.

— Vous ne seriez pas du tout capable de le faire.

— Pourquoi pas, si je ne gâche aucune soirée ? La seule personne à qui je sois prête à faire du mal est moi-même. Faire du mal aux autres entraîne de trop grandes responsabilités.

— Vous êtes manifestement solidaire des autres, dit-il. Vous pouvez garder l'anonymat vis-à-vis de moi, mais non passer toute votre vie dans un bal costumé. Il doit y avoir des gens qui vous connaissent et vous aiment, et que vous aimez. Et c'est pourquoi vous verrez que vous ne pouvez pas le faire.

— Je crois parfois que je n'aime personne, sauf Anne. Et je me sens un peu irritée contre elle à de tels moments.

— Peut-être, suggéra-t-il, êtes-vous amoureuse d'Anne ?

— Non, c'est plutôt comme si nous étions mère et fille.

— ... « et comme Léda était la mère d'Hélène de Troie et sainte Anne la mère de Marie ».

— De qui est-ce ?

— De Walter Pater.

— Mais oui, bien sûr. « Elle est plus vieille que les rochers parmi lesquels elle s'assied. » Oh ! mon Dieu, dit Anna, je n'aime pas votre association d'idées.

Il leva les deux mains pour se boucher les oreilles.

— Cessez de me rebattre les oreilles avec des associations d'idées. De fait, c'est mon incantation favorite. Je la murmure souvent dans mes moments de trouble.

— Est-ce là un moment de trouble ?

— Naturellement. Vous êtes très troublante.

— Eh bien, dit-elle gaiement, pensez à quel point ce serait pis pour la soirée d'Anne si je mourais au beau milieu involontairement.

— Je ne veux pas y penser du tout.

— « Soyons courageux », se moqua-t-elle, puis elle ajouta : Je suppose qu'un homme du nom de Pater était prédestiné à avoir l'obsession des mères.

— L'inceste vous obsède, dit-il.

— Il est tout à fait vrai, dit-elle, que c'est l'idée de *mère*, d'en avoir une ou d'en être une, qui m'a toujours trahie.

— Qu'entendez-vous par trahie ?

— Elle m'empêche d'être parfaite. Elle réduit à néant mes efforts pour être parfaite. Je suis de ceux qui aimeraient être parfaits.

— N'est-ce pas le désir de tous ?

— Non, certains préfèrent la vie à la perfection, je crois. Ils prennent l'imperfection pour un signe de vie, alors que j'aimerais être achevée, même au risque de mourir. J'ai une préférence pour l'inorganique, ou, du moins, ce qui n'est pas organique à un très haut degré. Je m'y sens, sans doute, plus en sécurité. Mon idéal serait de vivre entourée de très beaux reptiles ou de poissons fantastiques et hauts en couleur. Des êtres à sang froid qui n'ont jamais été dans des entrailles, qui n'ont même jamais été incubés à proprement parler. Les oiseaux sont trop près des mammifères, parce que leurs œufs sont couvés. Les créatures à sang froid n'essaieraient pas d'avoir avec moi la moindre relation, ne me reconnaîtraient même pas, de sorte que je ne serais pas triste quand elles mourraient. Elles n'auraient qu'à se retourner sur le ventre et à flotter à la surface de l'aquarium. Je jetterais les cadavres à la poubelle et achèterais d'autres animaux.

— Eh bien, pourquoi ne vivez-vous pas entourée de poissons ? demanda-t-il d'une voix déprimée.

— Parce que les mammifères existent, je suppose.

Pendant un certain temps ils demeurèrent silencieux, écoutant la musique au-dessous, qui se mua bientôt en une valse sirupeuse, et, pour l'accompagner, un certain nombre de lumières furent de nouveau éteintes.

Anna dit tranquillement et assez vite :

— Ces sacrés petits mammifères à fourrure et à sang chaud qui se pelotonnent contre vous et veulent toujours savoir à quoi vous pensez, si vous allez les cajoler ou leur donner à manger… s'ils sont très jeunes, ils fourrent leur museau partout et cherchent vos seins si vous êtes une femme. Ils sont presque aussi détestables que les gens. Eux et moi n'avons qu'à échanger un regard et l'un de nous commence à réconforter l'autre. Ils ont la même aspiration que les gens à l'âme immortelle, mais, naturellement, ce ne sont que des âmes mortelles et nous redoutons leur mort. Et ils vous causent des remords. Il y a en ce moment là-haut, dans la chambre d'Anne, un petit chat siamois qui me fait éprouver du remords parce que je n'ai pas été très gentille avec lui. Je ne l'ai pas réconforté, veux-je dire. Les chats siamois me paraissent si reptiliens que je pourrais, je crois, les traiter comme des reptiles. Mais, naturellement, ce sont des mortels, des mammifères comme tous les autres. Ce chat a besoin de soins maternels. Anne lui sert de mère et le laisse se coucher sur son lit. Peut-être en étais-je jalouse pour cette raison. Il se fait d'Anne une certaine image. Tous les mammifères se forment de vous une image, de sorte que vous avez des remords parce que vous ne pouvez être à la hauteur de cette image.

— Et pourquoi ? demanda-t-il d'une voix hostile. Pourquoi quelqu'un ne pourrait-il, pour une fois, être à la hauteur de cette image ?

— Parce que les gens veulent que l'image ait son immortalité. Ils veulent même parfois, tout aussi bien, que l'image la leur confère.

Il commença de protester.

— N'avez-vous pas, demanda-t-elle, essayé de me prescrire les rapports sexuels contre l'idée de la mort ?

— C'est vous qui aviez cette idée de la mort. Ce n'est pas pour cela que je les désirais.

— Vous désiriez de moi une sorte de réconfort.

Pour qu'il ne se sentît pas obligé de la contredire, elle avoua rapidement :

— Et moi de vous. Mais une mère ne peut empêcher son enfant de mourir, ni un enfant en empêcher sa mère, ni des amants s'en empêcher l'un l'autre. Je ne peux même pas rendre immortel un chat siamois. Nous sommes condamnés à nous décevoir mutuellement. Les uns les autres, veux-je dire, tout le monde.

D'une voix assez lasse, il demanda :

— Vous êtes-vous sauvée parce que vous aviez peur de me décevoir ?

— D'abord, dit-elle, sans répondre à la question, nos pensées ont suivi le même cours, bien que nous fussions séparés. Vous aviez deviné que je chercherais à savoir si Donna Anna avait été séduite ou non.

— Mais plus tard, nos pensées ont suivi un cours différent ? C'est vous seule qui êtes à blâmer. C'est vous qui vous êtes sauvée. On ne peut tout attendre de la télépathie. Au bout d'un certain temps, les lignes de communication sont trop prolongées. Du moins cela a-t-il toujours l'aspect de la télépathie, n'est-ce pas ? Mais ce que je veux dire, c'est que si l'on ne sait que peu de chose de quelqu'un, on ne possède qu'un certain nombre d'éléments pour alimenter ses pensées.

— Je n'ai pas dit que je blâmais quelqu'un d'autre. Sans doute suis-je à blâmer pour tout ce malentendu.

— Quand avez-vous décidé que c'était un malentendu ?

— Quand vous m'avez fait la cour, j'ai eu l'impression d'un coup monté, comme si vous mettiez à exécution un plan napoléonien préparé de main de maître plutôt que d'être vraiment séduit par moi. De fait, quand vous étiez dans la bibliothèque, vous êtes-vous dit que vous pouviez réussir, que vous étiez un surhomme, que vous étiez le grand séducteur ?

— Pas exactement, dit-il. Mais si j'ai pensé davantage à ce que j'aimerais être qu'à ce que vous étiez en réalité, eh bien… vous vous étiez dérobée à ma vue.

— J'ai eu la même impression de coup monté quand vous m'avez traitée de garce.

— Il est possible, dit-il prudemment, que j'aie crié plus fort que je n'avais eu de mal.

— Je ne suis tout simplement pas, dit-elle, donnant à sa voix un accent comiquement triste, aussi séduisante que je le croyais.

Dans la salle, la musique cessa et fut remplacée par les bavardages.

— Manifestement, dit Don Juan, je ne puis rien avancer, *maintenant*, pour le contredire. Toute la situation est un champ de mines. Je ne sais lequel de nous l'a miné. Mais il vaut mieux, je crois, que je reste immobile un moment, que je ne bouge pas d'un centimètre ni d'un côté ni de l'autre.

Anna dit un peu plus tard, haussant légèrement la voix pour dominer le bruit des bavardages au-dessous :

— J'aimerais être séduisante non pas en tant que personne, mais comme un objet. Non pour être utilisée… non d'une valeur monétaire : j'aimerais être une chose inutile. J'aimerais n'être ni à sang chaud, ni à sang froid, j'aimerais qu'il ne fût pas question de sang du tout. Personne ne se soucierait de savoir si je suis vivante ou morte, pourvu que je sois faite d'une matière qui n'a jamais été ni l'un ni l'autre. J'aimerais, bien sûr, être un objet d'ornement, mais pas une œuvre d'art, parce que les gens éprouvent à leur endroit du remords et de la culpabilité s'ils viennent à les détruire, donc simplement un travail habile, une décoration, quelque chose de très ouvragé, de très façonné, qui ne toucherait pas du tout le cœur.

— Si cela peut vous apporter quelque consolation, dit-il au bout d'un instant, bien que vous ne soyez pas belle le moins du monde, vous êtes la personne la plus ornementale que j'aie jamais rencontrée.

— Merci.

Il cessa de s'appuyer à la balustrade, se redressa et tapota le devant de son costume pour en enlever la poussière, si poussière il y avait.

— Où tout cela nous mène-t-il ?

— Nulle part.

— Ne ferions-nous pas mieux d'aller chercher du plaisir, même si cela vous gêne un peu ?

— Oui, dit-elle, se redressant, elle aussi.

— Descendrons-nous danser ?

— Oui.

Il ouvrit la petite porte dans le mur de la galerie. Derrière eux, dans la salle de bal, toutes les lumières s'éteignirent.

— Qu'arrive-t-il, maintenant ?

Ils revinrent à tâtons vers la balustrade et regardèrent dans la salle, où les gens avaient été frappés de mutisme par l'obscurité. Çà et là, un petit rire fusait, puis s'éteignait, comme une allumette. Dans un coin, quelqu'un fit vraiment flamber une allumette, qui s'éteignit.

Un feu de projecteur bleu acier jaillit, fouilla la foule, en fauchant des lambeaux comme un feu de mitrailleuse, et se concentra rapidement sur l'estrade de bois peu élevée où s'était tenu l'orchestre, mais qui était maintenant vide, à l'exception d'un piano et d'une contrebasse appuyée contre le tabouret de piano. La lumière bleue fit pâlir le plancher de l'estrade jusqu'à ce qu'il parût couleur de cendre.

— Je crois que ce sera bientôt le concert, dit Anna.

— Bon Dieu ! dit-il. Nous ferions mieux de rester encore un peu ici.

8

Dès que le projecteur se fut concentré sur un point, les gens se sentirent rassurés, bien qu'ils ne fussent pas éclairés. Sans attendre de voir qui allait surgir dans la lumière, ils emplirent de nouveau la salle de leurs bavardages.

Celui qui sortit de l'obscurité environnante pour s'avancer sur l'estrade était Tom-Tom.

À la vue d'Anna, dans la galerie des musiciens, il ne présentait que le dos, mais c'était un dos bien reconnaissable, caractéristique : énorme, même vu d'en haut, et informe. Son costume du XVIIIe siècle, de soie bleu sombre, avait l'air d'une robe de chambre chiffonnée. Bien entendu, il n'avait pas de cordelière autour de la taille, mais il semblait avoir été négligemment rassemblé et ficelé par quelque chose. Il transformait le bal en un petit déjeuner qui sentait le renfermé.

Venant d'en haut, le projecteur tomba sur la tête de Tom-Tom, illuminant son visage pour la plupart des gens de la salle, mais, pour Anna, seulement sa nuque, également sans forme, qui faisait des plis de côté et d'autre. Au point le plus éclairé, la lumière reflétait fidèlement les couleurs. Elle montrait le cou de Tom-Tom sous ce ton d'ocre foncé teinté de roussâtre qu'Anna savait réel, cette couleur que l'on voit à ceux qui vivent au grand air, aux jardiniers, par exemple, ou aux marins ; ce dernier cas était celui de Tom-Tom durant les week-ends. Il en passait autant que possible sur son bateau à voiles. Cet homme énorme aux pieds maladroits donnait l'impression que ce petit bateau fragile pouvait être percé par un pied malheureusement posé. Il y était seul, car l'unique fait d'aller lentement à la voile dans un port – c'était tout ce que faisait Tom-Tom – donnait le mal de mer à Anne. Anna imaginait que sa seule manœuvre dans l'enceinte du port devait consister à rester dos au soleil, parce que son visage et le devant de son cou étaient tout à fait blancs, comme ceux des citadins.

Le rayon du projecteur se répandit sur les plis du cou de Tom-Tom et dévia pour effleurer son large dos comme un rayon de lune, et là, une fois son pouvoir de concentration et de reflet épuisé, la lumière se dénatura. Tout comme l'air de la mer, elle éteignit la couleur de la soie. Anna savait qu'elle était bleu marine pour l'avoir vue auparavant, mais il lui semblait à présent que Tom-Tom avait transformé son costume non pas en robe de chambre, mais en cette sorte de vêtement flottant et informe qu'il portait dans son bateau. Même la culotte courte et les bas de soie, si élégamment conçus pour mettre en relief la jolie tournure d'un mollet, n'avaient qu'à être habités par ses jambes pour avoir l'air d'un vieux pantalon enfoui en tas dans de hautes bottes de caoutchouc. À la cordelière de robe de chambre qu'elle avait imaginée, Anna substituait maintenant une vieille corde.

Tom-Tom ne demanda pas à ses invités de s'asseoir ou de faire silence. À peine avait-il gagné l'estrade que tous ceux qui étaient restés debout, tournés avec inquiétude vers le projecteur, décidèrent de s'asseoir. Cela commença par une tache çà et là, comme si la rouille s'était attaquée à un pré. Puis, avec un faible soupir collectif, toute l'assistance s'assit simplement sur le plancher. Anna, regardant dans la salle obscure, avait l'impression que le sol avait été jonché de coussins.

Tom-Tom ne leva même pas la main. Il resta debout sur l'estrade. Finalement, même le léger mouvement sur le plancher cessa.

— Il obtient toujours le silence, murmura Don Juan à Anna. C'est la même chose aux conseils d'administration.

— Ce doit être une présence, murmura Anna en réponse.

— Ce n'est pas ça. C'est l'argent qui parle… et quand l'argent parle, tout le monde la boucle.

— Ne craignez rien, vous tous, annonça Tom-Tom, vous n'allez pas m'entendre fredonner.

Toute la salle se mit à rire.

— Où a-t-il pêché ce mot ? murmura Don Juan. Personne n'a fredonné depuis vingt ans.

— Vous ne l'aimez pas du tout ? dit tout bas Anna.

— Mais si. C'est simplement le prolétaire qui est en moi. Les gamins des rues sont appelés ainsi parce qu'ils font des gamineries. Quand je récrirai *Le Songe d'une nuit d'été*, lui dit-il à l'oreille, les machinistes feront des remarques gamines pendant que Thésée et Cie joueront une tragédie classique.

— … à défaut de voir le Jour de l'An à Paris, proclama Tom-Tom. *Mademoiselle Françoise Clouet. Soyez la bienvenue à Londres, mademoiselle**.

Puis il s'écarta de la lumière du projecteur.

— Vous êtes jaloux de lui, murmura Anna. Peut-être êtes-vous amoureux d'Anne ?

— Je la connais à peine, dit Don Juan, grimaçant un sourire de côté. Il m'est venu un instant à l'esprit, poursuivit-il, que vous étiez peut-être une ex-maîtresse de Tom-Tom. Cela me paraissait expliquer votre situation dans la maison.

— Je le connais à peine, se borna-t-elle à répondre.

Un homme insignifiant parut à pas pressés sur l'estrade, déplaça la contrebasse et s'assit rapidement au piano.

Il fut suivi d'une mince jeune fille aux maigres cheveux plats et décolorés qui lui tombaient sur les épaules. Sa robe du soir, noire et courte, était faite de plis horizontaux et l'emmaillotait étroitement jusqu'aux genoux. Ses jambes, gainées de nylon très clair, étaient très minces, droites et raides : comme les pieds d'un meuble en bois blanc. Seule la rotule rompait un peu la ligne droite, pareille à une pomme d'Adam. Quand la jeune fille faisait un pas, on eût dit que ses jambes se rétractaient. Ses souliers à hauts talons étaient retenus, sur le cou-de-pied, par une étroite barrette XXe siècle.

Elle ne prêtait aucune attention à son auditoire et lui tourna le dos pour déverser un jet d'instructions sur le pianiste qui, penché sur le clavier, ne lui prêtait, à son tour, aucune attention.

Aux abords de la salle de bal, une porte s'ouvrit, répandant un peu de lumière, et fut refermée rapidement et sans bruit. Suivit le bruit de quelqu'un marchant sur la pointe des pieds pour trouver une place. Au moment où la lumière avait filtré, Anna avait vu que les abords de la salle avaient été remplis de chaises. C'étaient celles, légères, à dos doré qu'elle avait un jour, pour taquiner Anne, qualifiées de rococo couturier. La salle de bal était leur place habituelle, mais elles en avaient été enlevées pour la danse. Anna se rendait maintenant compte que quelqu'un – probablement Anne et le domestique – avait passé le dernier quart d'heure à les remettre discrètement dans la pièce pour compléter les banquettes qui s'y trouvaient déjà et fournir des sièges à ceux qui étaient trop sérieux ou trop soucieux de leur travesti pour s'asseoir à terre.

Tout à coup, la jeune fille sur l'estrade cessa de parler à son accompagnateur et s'avança vers le centre de la lumière du projecteur.

Un dixième des assistants firent entendre de maigres applaudissements embarrassés.

— Je sais exactement ce qui nous pend au nez, murmura Don Juan à Anna. Trois chansons d'amour et une ballade sur Paris. L'une des chansons d'amour, ou les trois peut-être, dira :

« *Bonjour,*
*Amour**. »

La jeune fille envoya des baisers vers l'assistance, qui n'en fut plus embarrassée et lui dispensa quelques applaudissements de plus. Ses longs bras maigres restaient tendus le plus loin possible à chaque baiser, comme si elle était avide de recueillir tous les applaudissements disponibles. Elle porta enfin ses deux mains à sa bouche et, après une héroïque brasse sur le ventre, décocha un double baiser. « *Merci. Merci**. »

Edward, écrasé sur le sol tout près de la cuisse allongée de Ruth, dit :

— Seigneur ! J'espère que tout ne va pas se passer en français !

Le pianiste se mit à tapoter un accompagnement pour faire résonner le piano comme un ukulélé.

À la pointe extrême du trajet du projecteur, un faible éclairage tombant juste derrière l'estrade permit à Anna de repérer Tom-Tom assis sur le plancher. Un léger mouvement fit scintiller dans la lumière un peu de lamé or. Grâce à cette indication, Anna réussit à discerner les deux larges formes étendues côte à côte, appuyées l'une contre l'autre : deux vieux phoques sur un rocher, mariés depuis de longues années.

Françoise Clouet se mit à clamer une chanson d'amour.

Mollement assise – un peu comme un ballon – sur une chaise dorée près de la porte de la salle de bal pour le cas où elle aurait trop chaud et besoin d'aller respirer un air plus frais, Myra Blumenbaum se pencha vers Rudy, accroupi à ses pieds, un peu tracassé par l'ajustement de son kilt, et lui toucha l'épaule.

Il se retourna, inquiet. Mais elle ne voulait que lui sourire, peut-être à propos de la chanson d'amour. Il lui fit un petit signe de tête guilleret.

Don Juan murmura :

— Cela me rappelle…

Mais, de la salle de bal, une voix cria très fort :

— Chut !

Quelques instants plus tard, Anna le prit par son poignet soyeux et le conduisit sur la pointe des pieds jusqu'au renfoncement, au bout de la galerie. Avec des gestes lents, elle secoua un pli du rideau, n'osant déranger les anneaux, et s'en enveloppa avec lui, ménageant à l'angle une déclivité pour leur permettre de voir. Respirant à peine, elle articula :

— Qu'est-ce que cela vous rappelle ?

— J'ai complètement oublié.

Elle abaissa son regard sur la salle de bal, mais ne vit plus ni Tom-Tom ni Anne. Ils avaient dû se glisser plus loin dans l'obscurité, comme des phoques qui se laissent glisser du rocher dans la mer. Peut-être Anne avait-elle quitté la pièce pour remplir quelque devoir social, soit pour porter secours à des invités qui n'avaient pu entrer, soit pour veiller à ce que le domestique eût quelque chose à manger.

On applaudit énormément la chanson d'amour.

Françoise Clouet envoya d'autres baisers à la salle et, cette fois, les baisers accrurent la ferveur de l'auditoire. Il lui fallut lever la main pour réclamer le silence et annoncer (la voix avec laquelle elle parlait n'était pas sensiblement différente de celle avec laquelle elle chantait) :

— Et maintenant, une petite chanson… sur Paris.

Cette seule annonce provoqua des acclamations.

Le pianiste les interrompit en commençant à jouer. C'était le même accompagnement que pour la chanson précédente.

— Je sais que la chanson va faire rimer Montmartre avec Jean-Paul Sartre, murmura Don Juan.

*... ses parcs, ses cafés, ses trottoirs**...*

— ... *et ses pissoirs**, dit Don Juan. Pourquoi ne mentionne-t-elle pas la principale attraction touristique ?

— Êtes-vous déjà allée à Paris ? demanda tout bas Edward à Ruth.

— Oui.

Un voisin observa leur conversation sans bienveillance.

— J'y suis allé l'été dernier, dit Edward. Ce n'était pas aussi formidable que je le croyais. Mais ces endroits-là sont surtout destinés aux touristes.

— Oui, répondit Ruth. Nous n'avons pu entrer que difficilement dans la Sainte-Chapelle tant il y avait de touristes. Mais il est vrai qu'elle n'est pas très grande.

Pendant les applaudissements, plus violents que jamais à la fin de la chanson, Don Juan dit :

— Oh ! ma folle vie d'étudiant dans le métro. Les longues recherches vagabondes pour le Châtelet.

La chanson suivante était de nature différente, bien que l'accompagnement fût toujours le même. Cette fois, les mots étaient évidemment plus importants. Ils étaient prononcés beaucoup plus rapidement. Au bout de deux vers, Anna dut renoncer à tenter de comprendre. Mais, de la salle, montaient de petits rires d'admiration de soi à la fin de chaque couplet.

Après le dernier, Anna dit à Don Juan :

— Cela contenait les deux seuls mots d'argot que je sache, mais comme il y en avait beaucoup d'autres, je n'ai rien pu saisir.

— Moi si, parce que j'ai déjà entendu cette chanson. Un Français m'a passé le disque et m'a tout expliqué.

— De quoi s'agit-il ?

— Cela parle d'un gorille à la solde des Russes qui joue au football pour la France et finit par loger son ballon dans de Gaulle. C'est cette sorte de satire politique qui cogne dur et sans retenue et que nous n'avons pas ici.

La chanson suivante fut comprise de tous. C'était la complainte d'une jeune femme dont le riche époux est impuissant. Ce que personne ne comprit, c'était l'intention de la chanson : était-elle drôle ou triste ? Le débit de Françoise Clouet n'en fournissait pas le moindre indice. L'auditoire décida de ne montrer aucune réaction pendant qu'elle chantait, mais applaudit vigoureusement à la fin.

Françoise Clouet entama une chanson d'amour. Cette fois, au lieu de clamer, elle la murmura, par respect pour le sujet, apparemment, comme si l'amour était un deuil.

— Tout ce fatras sur l'amour, dit Edward, devient monotone. Allons nous asseoir un moment dans la voiture de votre père.

— Ne dites pas de bêtises, dit Ruth, nous gèlerions.

Anna sentait que l'impulsion satirique de Don Juan était éteinte. En elle-même, elle avait cessé de sentir toute impulsion. Non par dessein, mais simplement par lassitude, ils se laissèrent attirer dans le renfoncement jusqu'à se trouver tous deux appuyés contre le mur du fond de la galerie.

Anna avait placé le rideau de façon à leur laisser une ouverture, mais, de l'endroit où elle était, elle ne pouvait rien voir.

Quelques instants plus tard, le rideau glissa un peu sous son propre poids. Il s'immobilisa pendant une minute, une minute et demie, et, quand Anna eut cessé de s'y attendre, il s'affaissa tout entier sur le plancher de la galerie avec un lourd bruissement.

L'ouverture était complètement refermée. Mais elle était trop lasse pour avancer d'un pas et en ménager une autre.

Seule une lumière infinitésimale les atteignait : des fragments accidentels du projecteur, ou peut-être des reflets s'infiltrant autour du rideau. Celui-ci amortissait également la chanson d'amour. L'air était pour eux presque trop brouillé pour leur permettre de le distinguer. Ils étaient environnés par une odeur de poussière.

Edward murmura :

— Il y a le chauffage, n'est-ce pas ?

— Il faut mettre le moteur en marche.

— Et des couvertures ? N'y a-t-il pas de couvertures ?

— À vrai dire, déclara Don Juan, comme si parler était pour lui un effort, j'aime mieux les chats siamois que l'espèce ordinaire.

— Je vous aime bien, dit Anna, sans la moindre emphase ni la moindre expression.

— Je suppose que votre mère ne fait jamais un pas sans être emmaillotée dans des couvertures.

Don Juan ne fit aucune réponse à ce qu'elle avait dit. Mais, peu de temps après, elle discerna qu'à travers l'obscurité il tournait son regard vers elle, vers l'endroit où, à la naissance des seins, un peu plus à gauche qu'à droite, elle avait piqué une mouche.

— J'aime votre mouche, dit-il, je l'ai aimée toute la nuit.

— Je vous aime bien, répéta-t-elle de la même façon qu'auparavant.

— Et pourtant, chose curieuse, dit-il, bien que je l'aime, j'ai envie de vous l'ôter.

— Bon, dit Ruth. Je peux écrire mon journal ici. Il sera bien difficile de transcrire tout ce français.

Anna dit :

— C'est là l'une des choses que je préfère faire moi-même.

— Bon. Faites-le donc.

Elle abaissa son regard sur son sein qui, dans l'obscurité, était d'un blanc verdâtre, la couleur des chairs dans un tableau ancien sur panneau de bois.

Elle passa l'ongle de son pouce sous le bord de la mouche. Lentement, elle la décolla, étendit la main et la laissa, invisible, tomber sur le parquet.

— Comprenez-vous, dit-il, que vous m'avez donné la terreur de vous toucher ?

— Oui, et je me suis amusée de votre terreur pendant quelques minutes.

— Êtes-vous cruelle ? demanda-t-il.

Elle parut un instant oppressée.

— Ma cruauté est très très délicate, répondit-elle enfin avec lenteur.

— C'est comme si vous étiez sur le point de me décapiter, que vous m'assuriez qu'un seul coup ne me serait pas fatal et que vous alliez vous acquitter de votre besogne par des centaines de petits coups.

Sa voix semblait résonner aux oreilles d'Anna avec une force et une profondeur extraordinaires, mais elle devait être assourdie par le rideau parce que personne, dans la salle de bal, ne cria : « Chut ! »

— J'aurais plutôt pensé que c'était vous qui alliez m'exécuter, dit-elle avec un frisson, peut-être un rire. Vous portez le masque du bourreau.

— Peut-être tous les deux. Mutuellement.

Elle ne dit mot et ne fit pas un geste.

La tête de Don Juan se pencha vers elle, comme si elle s'offrait au bourreau, et il se mit à embrasser passionnément l'endroit où la mouche avait été posée.

9

— Oh ! Dieu ! dit Anna, à qui l'étreinte de Don Juan avait presque fait perdre l'équilibre, également ébranlée par la violence de son désir de l'étreindre.

— Ça va ? demanda-t-il vivement, avec anxiété, dans les ténèbres. Qu'y a-t-il ?

— Rien, dit-elle promptement. Ça va très bien. C'est simplement parce que je ne connaissais pas la violence de mes sentiments. N'est-ce pas affreux, poursuivit-elle, d'être surprise par ses propres sentiments à mon âge ? Et mes sentiments sont si changeants !

Elle étendit la main et, lui caressant un côté du visage, ses doigts rencontrèrent le masque et prirent soin de ne pas le déranger.

— Mais je ne serai pas une garce, cette fois. Je le promets vraiment.

— C'est tout aussi bien, dit-il, parce que cette fois…

— Oui, je sais… Non, si j'hésite maintenant, c'est simplement à cause de considérations d'ordre pratique.

— Oui, évidemment, pas ici, dit-il, jetant un regard autour de la galerie… moins pour l'exemple que dans l'espoir de voir grand-chose dans l'obscurité. Venez dans mon appartement.

— Ce n'est pas la seule considération pratique.

— Oh ! dit-il avec impatience, j'en ai des tas.

— Je ne crois pas, dit-elle en réfléchissant, que nous aurons besoin d'en avoir *des tas*...

Le masque cessa de répondre aux fluctuations de l'expression de Don Juan et demeura raide et tendu durant le long moment pendant lequel il fut choqué. Puis il comprit qu'elle avait consenti et elle sentit le masque se plisser, se replier et s'affaisser à l'intérieur, tandis que le visage de Don Juan s'épanouissait en un large sourire.

— Venez dans mon appartement, répéta-t-il. Nous pourrons probablement arrêter un taxi. En tout cas, ce n'est pas bien loin. C'est à...

Elle lui mit la main sur la bouche.

Il l'embrassa et lui mordilla les doigts.

— Attention, dit-elle, soyons anonymes.

La main de Don Juan détacha celle d'Anna de sa bouche.

— Laissez-moi seulement dire... commença-t-il.

Mais, au lieu de parler, sa bouche pénétra violemment dans la sienne. La main d'Anna posa sur sa poitrine celle de Don Juan, qui l'étreignit avec passion.

— Oh ! Dieu ! dit Anna de nouveau.

Cette fois, il ne fit aucun commentaire, acceptant la chose.

— J'ai perdu toute honte, dit-elle. J'ai tout simplement envie de vous emmener jusqu'au lit le plus proche.

— Eh bien, venez, répondit-il.

Il ouvrit doucement la porte au fond de la galerie. Même la faible lumière qui éclairait le couloir suffisait à lui brûler les yeux. Elle les ferma un moment et chercha à tâtons la rampe et les trois marches basses qui descendaient de la galerie. Elle l'entendit refermer tranquillement la porte derrière eux, repoussant presque entièrement dans la salle de bal la chanson d'amour française.

Elle ouvrit les yeux pour longer le couloir.

Il se hâta derrière elle, la rattrapa et lui passa la main sous le coude.

— Allez chercher votre manteau.

— Non, écoutez, dit-elle, s'arrêtant si brusquement qu'il faillit trébucher sur elle.

Au lieu de reculer, il resta blotti contre elle. Elle se tourna vers lui et il était si proche qu'il lui fallut pencher la tête en arrière avant de pouvoir chercher ses yeux à travers les fentes de son masque.

— Écoutez, dit-elle. Je suis une iconoclaste.

— Je le sais bien…

— Ne voyez-vous pas, demanda-t-elle, sa voix trahissant qu'elle suffoquait presque de surexcitation à sa propre malice, bien qu'elle tentât de formuler l'idée aussi positivement que possible afin de calmer ou de contenir cette surexcitation, que le parfait mauvais goût est presque aussi difficile à réaliser que le parfait bon goût ?

— Je ne sais, dit-il à retardement, pas tellement par hostilité contre son plan, mais dans la crainte qu'il pût entraîner un changement dans le sien. Je ne sais ce que vous…

Elle lui glissa les doigts autour du poignet, comme lorsqu'elle l'avait fait marcher sur la pointe des pieds dans la galerie. Mais cette fois, elle se mouvait avec beaucoup plus d'aisance et de rapidité. Elle prit la direction inverse et, dépassant l'entrée de la galerie, lui fit remonter le couloir jusqu'à l'extrémité qui menait au second étage.

Il la suivait avec une obéissance et une passivité parfaites, tout comme lorsqu'il avait marché sur la pointe des pieds le long de la galerie, mais cette fois, sa main était active. Son poignet se tournait et se glissait dans l'étreinte d'Anna comme s'il était pris dans des menottes, et ses doigts s'agitaient et se recourbaient vers le haut, essayant de toucher sa main et de s'y insinuer.

Elle se mit à monter les marches, le tirant, consentant, derrière elle. Déterminée, elle ne se retourna pas pour le regarder.

Elle le fit remonter jusqu'au premier étage presque en courant.

Il n'éleva aucune protestation.

Elle dut elle-même monter plus lentement jusqu'à l'étage suivant.

À mi-chemin, elle dit, mais toujours sans se retourner :

— À l'origine, c'était l'escalier des domestiques. Il semble approprié à notre position dans cette maison.

Il ne répondit rien, sinon « Mm ».

Le fait de parler l'avait essoufflée. Respirant plus fort, elle ne pouvait entendre s'il était, lui aussi, hors d'haleine.

L'escalier était mal éclairé : une seule ampoule sur chaque palier. Toute la maison semblait vide et calme. On n'entendait que le bruit de leurs pas qui faisaient craquer les marches, la respiration d'Anna et, de temps à autre, un bruit d'écrasement quand ses hauts talons s'enfonçaient dans le bois nu.

À son déplaisir, Anna s'aperçut que plus elle montait, et plus augmentaient son excitation et sa hâte, plus il lui fallait aller lentement.

À quelques marches du haut de l'escalier, elle s'arrêta tout à fait, à bout de souffle. Elle profita de l'occasion pour ôter ses souliers, qui faisaient trop de bruit, et Don Juan la soutint, mais elle ne se retourna toujours pas pour le regarder.

Des éclats dans les girons de bois tiraient des fils dans la semelle de ses bas.

Elle réunit ses deux souliers pour les tenir d'une main. De l'autre, elle tâtonna derrière elle pour reprendre le poignet de Don Juan. Il le lui tendit.

Elle monta en courant les dernières marches et il la suivit jusqu'à la porte de la chambre à coucher d'Anne.

Anna l'ouvrit doucement. Elle tâtonna autour du montant, trouva le commutateur et éclaira la pièce, sachant que la soudaine illumination pourrait offenser leurs yeux mais désirant que Don Juan vît la chambre instantanément et tout entière.

Les yeux d'Anna furent offensés. Pendant un instant, elle ne put comprendre l'agitation, les soulèvements dans le lit blanc ovale. Elle avait éclairé une nuque d'une couleur ocrée. Avec difficulté, elle se rappela l'avoir vue peu de temps auparavant éclairée par un projecteur. Mais maintenant, la voix qui appartenait à ce corps bredouillait et l'énorme corps faisait de grands efforts pour rouler sur le côté, pour rouler sur lui-même comme un phoque essaie de rouler d'un rocher dans la mer. Et comme il réussit à se soulever un peu et à rouler légèrement de côté, il révéla une autre tête sur l'oreiller, le visage levé, un visage alarmé, celui de sa femme, le visage qui se trouvait au-dessous…

Anna éteignit la lumière, ferma vivement la porte, s'agrippa de sa main libre à Don Juan, courut vers le haut des marches et descendit un étage.

Derrière la porte close au-dessus d'elle, elle entendit le petit chat effrayé miauler faiblement.

Elle dévala l'étage suivant sans se soucier de manquer une marche, sautant deux degrés à la fois et se cognant dans le pilastre de la rampe tandis qu'elle se précipitait dans l'escalier...

Elle s'arrêta, ainsi que le bruit de sa fuite, aux deux tiers de la descente, mais seulement parce qu'elle avait laissé échapper un soulier. Il atterrit à deux marches au-dessous de celle où elle s'était arrêtée. L'énergie nécessaire aux mouvements précis qu'il fallait pour atteindre les deux marches, se baisser et recouvrer le soulier lui faisait défaut.

Don Juan descendait les marches derrière elle. Il hésita, la dépassa, ramassa le soulier et le lui tendit.

Il remonta une marche.

Il se trouvait face à face avec elle, sur la marche au-dessous.

— Oh ! mon Dieu, que c'est grotesque, dit-elle.

Elle pencha la tête vers la poitrine de Don Juan et fondit en larmes.

10

— Vous le voyez, dit Anna, je ne puis simplement pas être parfaite.

Ils s'assirent côte à côte dans l'escalier. Personne ne vint. La maison était toujours silencieuse.

— Je me suis surestimée, dit-elle. J'ai cru que je pourrais réussir une chose qui n'était pas en mon pouvoir.

Elle baissa les yeux sur le mouchoir de Don Juan, entre ses mains. Elle avait été surprise de voir ce mouchoir ordinaire du XXe siècle sortir de sa poche du XVIIIe. Elle le lui rendit. Il tendit sa jambe soyeuse sur les marches pour remettre le mouchoir dans l'ouverture de sa poche.

— J'ai mouillé le devant de votre costume, dit Anna.

Il fit de la tête un petit geste réprobateur.

— Elle en a parfaitement le droit, dit Anna.

Elle ajouta :

— Son mari à elle. Sa maison à elle. Sa réception à elle.

— Oui.

— Pourquoi donc avoir l'impression d'être trahie ?

— Nos sentiments ne sont pas toujours logiques.

— C'est son lit à elle.

Elle mit l'index sur la poche de chair juste au-dessous de l'œil. Elle ne voulait pas le frotter, de crainte d'étaler le khôl. Elle appuya donc sur la chair de façon à former une gouttière, une gargouille, pour y écouler les dernières larmes, déjà froides.

— Ce doit être plutôt comique, dit-elle. Et grotesque tout aussi bien, surtout si l'on sait comment il l'appelle au lit.

Puis :

— Ai-je gâté mon khôl ?

Il se tourna pour lui faire face et regarder sous ses yeux.

— Il a un peu coulé, dit-il.

Il tendit de nouveau la jambe, saisit de nouveau le mouchoir et le lui offrit.

Elle le roula en un doigtier dont elle lécha le bout, le porta à ses yeux et dit :

— Guidez-moi.

Il s'exécuta.

— C'est tout ce que nous pouvons faire, dit-elle, lui arrêtant le doigt.

Il rangea de nouveau son mouchoir.

— Il vous faudra me prendre telle que je suis. J'ai laissé là-haut mon nécessaire de maquillage.

— Là-haut ?

— Là-haut, dit-elle en grimaçant un sourire. Sur la table de toilette, je crois. Ou sur le lit.

— J'espère qu'ils l'ont mis ailleurs, dit-il.

— Je regrette que vous n'ayez pas vu le chat.

— Je l'ai entendu, je crois.

— J'espère qu'ils l'ont mis ailleurs.

— Vous êtes très lasse, dit-il. Venez chez moi. Vous n'aurez pas besoin d'être séduite.

— Je veux l'être.

Mais ils ne bougeaient de l'escalier ni l'un ni l'autre.

— Vous êtes trop fatigué, dit Anna. Je vous ai fait courir dans les escaliers. Pour rien. L'escalier des domestiques est toujours plus raide, parce que personne ne se soucie d'eux.

— Allez chercher votre manteau.

Cette fois, ils se levèrent.

11

Elle le trouva l'attendant dans le hall, tournant le dos à la porte par laquelle elle devait sortir. Il n'y avait là personne d'autre.

Il avait enfilé sur son costume un pardessus noir ordinaire et le fait qu'un pantalon ne dépassât pas au-dessous était cocasse.

— Mon cher, dit-elle, marchant derrière lui, vous avez l'air d'un évêque.

— Vous êtes en train de donner à une aventure parfaitement respectable un air de scandale.

Dans son pardessus, il avait l'air plus grand, ce qui incita Anna à lui prendre le bras, à s'y accrocher et à bavarder avec lui.

La chaise à porteurs qu'elle avait vu apporter dans la salle de bal était maintenant vide, éteinte, abandonnée dans un coin du hall comme un gros œuf éclos.

— Peut-être va-t-il neiger, dit Anna.

— Ce serait parfait.

Il ouvrit la porte d'entrée.

— Non, dit-elle, il ne neige pas.

En traversant le portique peu élevé de la maison, Don Juan porta la main à sa tête, qu'il inclina tandis qu'il commençait à la glisser hors du masque.

— Arrêtez ! dit Anna.

Il s'immobilisa.

— Pas d'absurdité, dit-il. Je ne puis marcher dans les rues avec un masque.

— Si vous l'ôtez, je ne viens pas.

— C'est du chantage pur et simple. Je ne puis arrêter un taxi avec un masque sur la figure. Le chauffeur croirait que c'est un hold-up.

— C'est moi qui arrêterai le taxi.

— Oh ! je vous en prie…

— Il croira simplement que vous avez bu. Vous pourrez lui dire où aller à travers la vitre.

— Tout cela est absurde, dit-il, lui prenant le bras et la poussant en avant tandis qu'elle protestait. Vous rendez-vous compte que je ne sais même pas comment vous appeler ?

— Vous pouvez m'appeler Anna. Je vous permets d'abandonner le « donna ».

— Évidemment, Anna pourrait être votre vrai nom.

— Ce serait possible.

Il n'y avait, pour déceler qu'il avait neigé, qu'une tache durcie particulièrement brillante au centre de chaque pavé, ce qui pouvait indiquer que quelques flocons s'étaient posés, puis avaient fondu pour geler de nouveau.

L'air était certainement glacé. Cela se voyait au brillant éclairage des réverbères givrés dont les lumières semblaient suspendues comme des citrons glacés dans les branches dénudées des arbres qui bordaient la chaussée. Les voitures étaient parquées, nombreuses, tout le long du cul-de-sac, dans la légère montée d'asphalte un peu tortueuse par laquelle le cul-de-sac tournait dans la rue principale. Sous les réverbères, leurs toits luisaient sous le gel.

— Je ne suis pas très curieuse, dit Anna. Pour autant que je le sache, c'est votre femme qui est arrivée au bal dans une chaise à porteurs. Elle pourrait très bien s'appeler Elvire.

— Je vous garantis, dit-il avec une apparence d'astuce, que je n'ai aucune épouse à ce bal.

— Non, je ne crois pas que vous ayez jamais été marié, dit Anna.

— Je ne suis pas très bon à ce jeu, n'est-ce pas ?

— Vous faites des progrès.

— Mais le cœur n'y est pas. Je voudrais savoir au sujet de votre mari.

— Il est vivant et il va bien. J'ai eu de ses nouvelles à Noël.

— Vous ne vivez donc pas avec lui ?

— Peut-être ai-je été un peu injuste, dit Anna. Je vous assure qu'il n'est même pas dans ce pays.

Il la regarda, satisfait.

— Et supposez-vous, demanda-t-il, reprenant gaiement le jeu, que mon nom est Juan ?

— Cela paraît improbable.

— John, alors ?

— En tout cas, les statistiques militeraient en faveur de ce nom.

— Avez-vous envisagé, dit-il astucieusement, que ce pourrait être Donald ?

Elle réfléchit.

— Non, dit-elle enfin, je ne crois pas que vous soyez écossais. Même si votre aspect du moment pourrait égarer les gens et leur faire supposer que vous portez un kilt.

Elle remarqua au passage que, sur la porte vert foncé d'une des voitures parquées sur la petite pente, en haut du cul-de-sac, était peint, comme un faux blason, le petit rébus, un arbre en fleur, que Rudy avait adopté pour son papier à lettres, son ex-libris et ses ronds de serviette en guise de calembour sur le nom de Blumenbaum.

Edward avait protesté pour que l'on éteignît la lumière, disant qu'elle lui faisait mal aux yeux. Mais Ruth avait prétendu qu'écrire son journal à la seule lumière du réverbère pourrait lui abîmer la vue pour toujours.

Elle commença d'écrire sur une nouvelle page pour qu'Edward ne pût lire ce qu'elle avait déjà consigné.

Regardant par-dessus son épaule, il dit :

— Ce n'était pas à propos d'un gorille.

— Mais si. Ne l'avez-vous pas entendue chanter tout le temps : « Un gorille » ?

— C'est impossible. Ou le mot devait avoir un sens injurieux. Je suis sûr que c'était sur la politique.

Lorsqu'il entendit des voix et des pas se rapprocher, il tourna le commutateur et tira Ruth pour la faire agenouiller sur le plancher de la voiture.

— Que faites-vous donc ?

— Quelqu'un vient.

— Et alors ? Nous ne sommes pas des cambrioleurs.

— Baissez la tête.

Ruth, cependant, la leva suffisamment pour regarder à travers la vitre.

— C'est Anna, dit-elle. Elle rentre chez elle avec cet homme.

Edward se jeta du côté de Ruth juste à temps pour voir le couple gagner le haut de la pente et s'engager sur la route principale.

— Je pensais bien qu'elle devait avoir beaucoup d'expérience, dit-il. À moins que ce ne soit son mari ?

— Non, elle est divorcée, dit Ruth.

Elle reprit sa place sur le siège, arrangea la couverture sur ses genoux et se remit à son journal sans prendre la peine de rallumer. Le réverbère éclairait assez pour lui permettre d'écrire, en grosses capitales :

ANNA K. EST UNE PUTAIN.

— Ne le voyez-vous pas ? murmura Don Juan à Anna dans le taxi. Il est inquiet à cause du masque.

— Eh bien, mettez-lui l'esprit en repos.

— Comment cela ?

— Embrassez-moi.

— Serrons-nous sous la couverture et restons un peu au chaud, dit Edward, se laissant glisser beaucoup plus bas sur le siège.

Ces paroles lui ressemblaient si peu que Ruth se sentit sur ses gardes. De même, ne pas vouloir de lumière lui était inhabituel. Il n'était pas de ceux qui préfèrent une demi-obscurité.

Maintenant qu'il avait soudain perdu toute agressivité, elle se sentait, paradoxalement, plus tendue. Elle restait assise, raide et très droite contre le siège arrière, comme si elle montait l'une de ces bicyclettes démodées, essayant de résister à l'insinuante tentation de se laisser glisser plus bas vers ce corps bien au chaud sous la couverture.

Ses yeux regardaient fixement le commutateur, comme si elle le tournait en pensée. Il était placé très haut contre la paroi de côté, entre les portes, au point exact qui séparait l'avant de l'arrière du taxi. Il se trouvait assez loin devant elle, plutôt à sa gauche, et, dans cette haute voiture rigide, tout à fait hors de sa portée. Mais en y attachant les yeux, elle avait l'impression d'ancrer son corps contre le courant qui l'entraînait plus avant dans le nid moelleux et glissant que faisait Edward de l'arrière.

Son esprit était vraiment ailleurs, mais ses pensées paraissaient vouloir démêler pourquoi, dans les voitures, les commutateurs, au lieu du modèle ordinaire, sont faits d'un petit carré de plastique brunâtre et à quelle nécessité répond, dans la conduite d'une automobile, le crénelage du plastique, pareil à celui, mais plus large, des pièces de monnaie.

Don Juan mit une poignée de pièces d'argent dans la main d'Anna pour qu'elle pût payer le chauffeur tandis qu'il ouvrait la porte de devant du groupe d'appartements.

Le chauffeur avait dû se retourner pendant le voyage et les voir s'embrasser mais malgré tout, Anna crut le sentir soulagé d'être débarrassé d'eux. Ce soulagement perça dans sa voix lorsqu'il cria, assez fort pour être entendu de l'homme debout sur les marches :

— Bonne année !

Ils répondirent pour la forme, Anna embarrassée parce que le chauffeur devait les prendre pour mari et femme rentrant chez eux, Don Juan gêné physiquement parce qu'il ne voulait pas se retourner sur les marches et montrer de nouveau son masque.

Elle franchit le trottoir en courant, puis les marches, pour le rejoindre aussi vite que s'il avait neigé. Il faisait d'ailleurs assez froid et, de ses mains, elle se fit des œillères comme pour se protéger d'une rafale.

— Je n'ai rien vu, dit-elle comme il poussait la porte pour la laisser passer. Je n'ai pas la moindre idée de l'endroit où nous sommes.

Dans le hall, il appuya sur la minuterie.

— Deuxième étage.

Ils montèrent les degrés de marbre.

— Quand j'ai donné l'adresse au chauffeur, l'avez-vous entendue ?

— Je me suis bouché les oreilles.

— Naturellement, si vous entendiez une seule fois le numéro, vous ne l'oublieriez jamais.

— Mes souliers ne font-ils pas trop de bruit ?

— Non. Cette fois, vous n'avez pas besoin de les ôter. Les gens s'attendent à ce qu'il y ait un peu de bruit la veille du Jour de l'An.

— Le Jour de l'An.

— Oui, le Jour de l'An.

Il ouvrit la porte d'entrée de son appartement.

L'intérieur du hall, recouvert d'un tapis, n'était guère plus grand qu'un placard. Il ne révélait rien. L'espace n'était pas suffisant pour cela.

Il poussa une porte.

— Entrez ici.

Passant une main devant elle, il abaissa un commutateur, mais aucune lumière ne se fit.

— Oh ! il faut allumer près du lit. C'est un commutateur à deux départs. Je m'y prends toujours du mauvais côté.

— N'allumez pas, dit-elle.

— Vous êtes ridicule.

Elle referma sur eux la porte de la chambre.

— Vous faites de l'anonymat un fétiche. Est-ce bien ça ? Vous ne voulez pas voir où j'habite ? De toute façon, votre intention est déjouée d'avance. La lumière du hall filtre sous la porte. Il y a un lampadaire électrique sur le devant de l'immeuble, juste à l'extérieur de ma fenêtre, qui ne s'éteint pas de la nuit. Et je vais allumer le radiateur électrique, qui donne un peu de clarté.

Le radiateur était placé dans une cheminée désaffectée. Il l'alluma et il se mit à ronfler.

— Bon, dit-elle. Il y a assez de lumière. Nous n'en avons pas besoin d'autre.

— Il faut que vous puissiez voir clair.

— Tout doit avoir l'air différent, dans cette lumière. Inaccoutumé. Bien entendu, cela a le même air pour vous, parce que vous le connaissez.

Elle regarda autour d'elle. Le lit était à une place. Elle se fraya un chemin vers la cheminée.

— Il lui faut une minute ou deux pour réchauffer la pièce, dit-il, faisant un signe de tête vers le radiateur, et pour cesser de ronfler.

Et, d'une voix plus amicale, il demanda :

— Sur quelle note ronfle-t-il ?

— Sur le *la* au-dessous de la portée.

Elle prit un carton d'invitation sur le dessus de la cheminée, l'emporta à quelques pas de là – la pièce était petite – jusqu'à la fenêtre, en replia le haut afin de ne pas voir son nom pour le cas où il y eût été inscrit et lut le reste à la lumière du dehors. C'était l'invitation au bal.

Costume du XVIIIe siècle
de dix heures du soir à l'aube

était-il écrit au bas de l'angle droit.

— Il me faut partir avant l'aube, dit Anna, remettant la carte pliée sur la cheminée, sinon je verrai votre chambre contre ma volonté.

Le feu cessa de ronfler.

Il vint derrière elle et posa les mains sur les revers de son manteau.

— Avez-vous assez chaud ?

Elle se glissa hors du manteau et il le mit avec soin sur une chaise.

Il revint, s'approcha de la même façon et posa les mains sur les bretelles de sa robe.

— Oh ! voilà qui est plus déroutant, dit-elle. Cela en a découragé plus d'un.

Elle se mit à défaire sa robe.

— Déshabillez-vous vite, lui ordonna-t-elle. Il fait froid.

Il ôta son pardessus et commença à se dépouiller de son costume de soie, dont il laissa les pièces glisser à terre, tout cela aisément, avec logique : c'était Arlequin désassemblé, dont les losanges étaient brassés dans un kaléidoscope, bien que, lorsque le vêtement était sur lui, on ne pût voir les points de jonction.

Nue, Anna entra en hâte dans le lit, exagérant le froid qui la faisait frissonner et se pelotonner parce qu'elle se sentait un peu intimidée.

La lumière du radiateur tintait de cramoisi la peau nue de Don Juan.

12

— Attendez, dit Anna, laissant sa main, qui avait caressé la joue de Don Juan, s'immobiliser sur le masque. Il est absurde que vous gardiez ceci.

Il tenta de s'appuyer sur un coude et, de l'autre main, de maintenir le masque, tandis qu'il en dégagerait sa tête.

— Laissez-moi faire, dit-elle. Je vous dois bien ça.

Il pencha la tête vers la poitrine d'Anna et, allongeant un peu le cou pour voir ses doigts à l'œuvre derrière la tête de son compagnon, elle dénoua les rubans noirs.

Il souleva la tête de côté pour lui permettre d'ôter le masque, qu'elle laissa tomber par-dessus le bord du lit.

Il posa de nouveau son front sur la poitrine d'Anna.

De ses deux mains, elle lui étreignit la tête et la pressa entre ses paumes, presque convulsivement, mais avec précaution, comme s'il s'agissait d'un œuf de Pâques.

Derrière cette tête, un creux s'était formé, une déclivité laissée dans les cheveux par les rubans, comme la marque d'un cache-œil.

— Non, murmura-t-elle, lui soulevant un peu la tête entre ses mains. Laissez-moi vous regarder.

Il se redressa.

Elle regarda son visage, le distinguant parfaitement à la lumière de l'extérieur. C'était simplement un visage d'homme.

Les deux moitiés, celle qu'elle connaissait et celle qu'elle n'avait jamais vue, s'ajustaient logiquement pour former un ensemble tout à fait avenant. Les yeux étaient plus beaux qu'ils ne l'avaient paru à travers les fentes et, environnés d'un nouveau contexte, ils lui semblaient étranges. Peut-être en imagination, peut-être à cause d'une illusion produite par le mauvais éclairage, la partie du visage qui avait été recouverte paraissait en montrer des signes : rien d'aussi prononcé que l'aspect de la peau lorsqu'elle vient d'être débarrassée d'un pansement de taffetas gommé, mais plutôt l'aspect de vague nudité d'yeux qui portent normalement des lunettes lorsque celles-ci sont enlevées.

— Ça va ? demanda-t-il, presque malheureux.

— C'est merveilleux.

— Oh ! non, j'en ai peur.

— Non... admit-elle. Mais si ce n'est pas beau, cela me semble très ornemental.

Il répondit à la remarque par un léger sourire.

— Vraiment, dit Anna, j'ai vu des visages d'hommes pour la première fois sous différents angles et dans nombre de situations étranges, mais jamais encore dans *cette* situation...

Elle vit sur son visage ce moment de rigidité, celle de quelqu'un qui est choqué et qu'elle avait déjà perçue à travers le velours du masque.

Le visage toujours rigide, il ébaucha un petit rire, qu'il laissa inachevé mais qui se transmua en un frémissement dans le corps d'Anna.

La rigidité disparut du visage de Don Juan.

Puis sa tête s'inclina et son visage fut perdu pour elle. Elle perdit tout désir de le voir, et même le souvenir de son existence, tandis que ses sensations répondaient au corps de Don Juan qui s'activait, jusqu'à ce qu'elle émergeât, au bout du même arc de sensations qui avait commencé avec le frémissement de ce rire et de ce corps, à la conscience que ces mêmes sensations avaient dépassé le point de non-retour, mais qu'elle était maintenant libre de reprendre le fil de ses pensées, puisque son voyage vers le plaisir était désormais involontaire.

N'ayant plus qu'à attendre – ou quelque partie d'elle-même, peut-être sa main sur la tête de Don Juan, peut-être sa bouche sur son épaule –, elle lui caressa le corps frénétiquement. Cela par pur désœuvrement, avec une impatience excitée et pourtant récalcitrante, tel un musicien raclant les interminables rythmes de Bach, comme si, en enfonçant les doigts dans sa chair, en le mordillant, ses doigts ou ses dents pouvaient saisir le paradoxe selon lequel tant de pensées et de stratégies dans le monde vertical tendent vers la façon de manœuvrer dans cette situation horizontale où le plaisir consiste en une chose qui vous est imposée, où l'on est entraîné au-delà du point de non-retour, subissant un acte aussi involontaire qu'éternuer, s'endormir ou mourir. Souffrant, sanglotant, ondulant, transpirant, le corps d'Anna se convulsa enfin sous l'effet de la vague qui déferla en lui. Et sur les parois de son esprit, déposée là, distincte mais tout à fait passive, s'imprima l'image du cartouche rococo qui déferlait sans trêve sur les murs de la chambre d'Anne, projetant sur le satin blanc, mais sans le mouiller, des gouttes de glycérine ou de sueur.

Anna demeurait étendue, son corps à l'écoute des sensations qui suivirent. Un tressaillement intense, profond, lui en secouait la partie inférieure comme des sanglots eussent pu en secouer la partie supérieure. En vérité, ce tressaillement lui semblait une contrepartie exacte et un antonyme aux sanglots. Il produisait une explosion, une onde de plaisir : l'opposé d'une crise de larme. Dans une crise de larmes il y a, comme dans tous les déchaînements, une certaine chaleur, un certain bonheur, ne serait-ce qu'un apaisement et une libération. De même, ce plaisir des plus intenses, des moins volontaires, et par conséquent celui qui donnait le plus l'image de la mort, recelait – également dans son apaisement – une certaine tristesse.

TROISIÈME PARTIE

13

Tom-Tom fit toute une histoire de l'intrusion dont il avait été victime. Pendant tout le temps où il s'habilla, se fourrant dans son costume dont la surface bleu marine, maintenant froissée, formait des facettes comme celle de la mer, il protesta et se livra à des spéculations sur l'auteur et les circonstances du méfait.

Anne ne se préoccupait que de le faire se hâter. Elle lui dit que le concert, qui leur avait donné l'occasion de s'évader, devait avoir pris fin depuis longtemps, que les invités devaient être à la recherche de leurs hôtes, que certains d'entre eux voulaient probablement prendre congé et que, s'il ne se montrait pas bientôt, ce serait par centaines qu'ils envahiraient les étages.

Tom-Tom en vint à cette explication que ce devait être un invité qui ne connaissait pas la maison et cherchait les toilettes.

Anne ne le contredit pas. Elle croyait bien – elle avait eu, après tout, l'avantage d'avoir la tête renversée sur l'oreiller – avoir reconnu Anna sur le seuil éclairé. Elle reconstitua les faits : Anna était venue reprendre son nécessaire de maquillage. Anne, qui savait qu'il était là

– qui, de fait, l'avait posé à terre –, se blâma de n'avoir pas pensé à fermer la porte à clé.

Elle se blâmait maintenant plus vivement encore de ne rien dire à Tom-Tom de tout cela. Elle aimait à lui raconter scrupuleusement tout ce qui lui passait par la tête. Mais elle ne pouvait se résoudre à risquer de le rendre hostile à Anna alors qu'elle n'était pas absolument sûre qu'il s'agissait d'elle. Elle décida d'attendre et d'interroger Anna lorsqu'elle pourrait la trouver. Et, si c'était elle, elle le dirait à Tom-Tom. Après un certain temps, son hostilité se serait affaiblie.

Il ne s'était jamais montré jaloux d'Anna le moins du monde. Mais, dans la crainte qu'il ne le fût, Anne, souvent, dissimulait un peu son affection pour son amie lorsqu'elle lui en parlait. Cependant de temps à autre, lorsqu'elle se surprenait à le faire, ses scrupules l'obligeaient à mettre les choses au point et à déclarer formellement à son mari son affection pour Anna.

Tout ce qui la tracassait maintenant au sujet de l'intrusion – tout ce qui, en réalité, en subsistait dans son esprit – était la pensée qu'elle pourrait en connaître la véritable explication et la cacher à Tom-Tom. L'incident en soi, dès le moment où l'effroi avait disparu, lui paraissait insignifiant. Elle le rejetait comme cette sorte de chose qui vous arrive toujours dans les hôtels étrangers : cela avait sûrement dû lui arriver, se rappelait-elle vaguement, à chacune de ses quatre lunes de miel.

Tous les réverbères étaient éteints.

Ruth se sentait en droit de faire de la lumière, quelque protestation que cela pût amener de la part d'Edward.

Mais, bien que son corps eût une secousse quand Ruth le dérangea pour se soulever et se pencher en avant, il ne s'éveilla pas. Au bout d'un certain temps, Ed détourna la tête de la lumière et de Ruth. Son profil se désagrégea, sa bouche s'ouvrit contre le dos du siège. Toujours endormi, il se mit à émettre des bruits de gorge étranglés.

Un peu effrayée, Ruth songea à le réveiller. Elle se rappela qu'au cours de sa première année d'école, une élève, dans son dortoir, avait fait dans son sommeil des bruits plus alarmants, des bruits de strangulation, sans s'en porter plus mal. Au bout d'une minute, Edward redevint silencieux.

Ruth prit son carnet et son crayon. Sous l'inscription « ANNA EST UNE PUTAIN », elle écrivit :

> *Maintenant, je suppose que j'en suis une, moi aussi (3 h 22).*

Un peu plus tard, la voiture toujours éclairée, elle s'endormit de nouveau. Sa tête glissa vers la vitre de côté, à l'extrême opposé de celle d'Edward, mais leurs corps gardaient, sous le désordre de la couverture, un contact chaud. On eût dit que tous deux, au fond de la voiture éclairée et silencieuse, formaient une énorme fleur qui se serait ouverte jusqu'à l'extrême limite, presque trop épanouie.

Les yeux d'Anna s'ouvrirent et elle s'aperçut qu'elle était non seulement étendue, le visage tourné vers le sol, mais à moitié hors du lit et regardant les lames du plancher, où gisait un bout de papier.

Elle laissa traîner sa main sur le sol légèrement poussiéreux et le ramassa.

Elle pensa qu'il avait dû glisser de la poche de Don Juan tandis qu'il se déshabillait.

La maigre lumière ne lui eût pas permis de le lire si elle n'avait su d'avance ce qu'il disait :

... ce qui est vrai est qu'elle est l'une des victimes du héros...

3 h 50. Je voudrais barrer certaines des phrases précédentes, mais j'ai juré de ne rien changer. Malgré tout, je sens que ce journal devrait être écrit sans passion : des faits, non des sentiments. Je me suis endormie après des rapports sexuels avec Ed., à l'arrière de la voiture. Trouvé cela dégoûtant, bref et bestial. Je viens de remarquer qu'il neige.

— Que faites-vous ?

— J'essayais de ne pas vous réveiller, dit Anna.

— Mais que faites-vous ?

Il n'avait ni bougé ni ouvert les yeux.

— Je crois que c'est l'aube.

— C'est impossible.

— « C'est le rossignol et non l'alouette. » Oh, mon cher, c'est parfaitement possible, bien que je n'en sois pas sûre.

— Ma montre est sur la cheminée.

— Il m'a semblé tout à coup qu'il faisait plus clair.

— Que dit ma montre ?

De la fenêtre, elle annonça :

— Ce n'est pas l'aube. C'est la neige.

— La neige ? Alors c'est parfait.

Il se rendormit.

Elle commença de s'habiller. Après un moment, il lui dit :

— Pourquoi vous habillez-vous ?

— Je retourne à la soirée.

— Pas encore.

— Je n'ai pas dit au revoir à Anne.

— Moi non plus.

— Je le lui dirai pour vous.

— Non, je viens.

Il se rendormit de nouveau.

Tout en réépinglant la dentelle noire dans ses cheveux, Anna regardait par la fenêtre tourbillonner les flocons de neige et pensait que la conscience de Don Juan devait également être emportée et tournoyer dans l'obscurité.

Il sortit du lit.

— Vous ne pouvez pas prendre congé pour moi. Vous ne savez pas qui je suis.

Une fois habillé, il prit le masque et le laissa pendre.

— Je n'ai pas besoin de remettre ceci, n'est-ce pas ?

— Pour ceux qui comprennent le symbolisme, il sera instructif de vous avoir vu arriver masqué et revenir sans masque.

— Vous-même, dit-il, avez perdu votre mouche.

14

Dès qu'elle la vit s'épaissir, Ruth Blumenbaum eut envie de quitter la voiture et d'aller dans la neige. Elle imaginait visuellement les flocons flotter autour de son visage, leur blancheur se confondant avec celle de son costume. Elle-même se figeait dans une pose de statue, comme dans le fameux jeu. Elle se pétrifiait, *devenait* une statue, une statue de jardin avec une bordure blanche s'amassant comme une écharpe de neige le long de ses bras. Elle était un bonhomme de neige, un Chérubin de neige, un page de neige. En même temps, les nerfs, sous sa peau, imaginaient également. Ils pressentaient ce que serait le contact à la fois glacé et brûlant de la neige qui la purifierait.

Pourtant, pour une raison ou pour une autre, elle ne voulait pas sortir seule de la voiture. Elle réveilla Edward.

Sa première tentative eut pour résultat de nouveaux bruits de gorge. Elle dut le frapper du poing sur l'épaule, comme si elle ne voulait pas le toucher. Mais dès qu'elle lui eut dit qu'il y avait de la neige et qu'elle s'épaississait, il reprit spontanément conscience, avec ardeur même.

Bien qu'elle eût elle-même pensé à la neige comme à un moyen de purification, elle fut offensée par l'empressement avec lequel il sauta hors de la voiture. Bien qu'elle eût détesté le contact intime de leurs corps, elle avait l'impression qu'en se dégageant avec un plaisir aussi évident, il trahissait cette intimité, comme un homme qui trahit son foyer.

Elle éteignit la lumière et le suivit avec ressentiment.

— Mon Dieu, dit-il, voilà ce dont nous avions besoin.

Il resta campé un moment, redressant les épaules, les mains dans les poches de son costume, à plat sur ses hanches, tandis que des flocons blancs tombaient autour de sa silhouette noire. Puis :

— Venez ! dit-il énergiquement.

— Pour quoi faire ?

— Un bonhomme de neige, évidemment.

— C'est dommage de l'abîmer, dit-elle, regardant autour d'elle. Elle est si belle.

Il se baissa et se mit au travail.

Cependant, lorsqu'elle regardait la neige et bien qu'elle fût belle, elle n'était pas sûre de l'aimer. Elle n'était pas rassurante. La route où elle s'était endormie avait changé pendant son sommeil.

De plus, bien qu'elle eût l'air aussi doux et chaud qu'une bête laineuse, le contact de la neige était beaucoup plus cuisant, plus engourdissant, plus glacial que ses nerfs n'avaient pu l'imaginer.

Elle alla chercher la couverture dans la voiture et la drapa autour de ses épaules.

— Faites quelque chose, dit Edward, levant les yeux et l'observant. C'est la seule façon d'avoir chaud.

Elle se baissa et se mit à gratter la neige et à en faire un petit tas dans lequel ses doigts laissèrent des creux.

— Pas ainsi, dit Edward, ça ne tiendra pas debout si vous vous y prenez de cette façon. Ce n'est pas assez dur.

Mais elle continua de même pendant quelques instants. Lorsqu'elle se penchait, les bords de la couverture dégouttaient sur ses bras, entravant ses mouvements. Parfois, toute la couverture menaçait de glisser.

Au bout d'un certain temps, elle cessa de travailler et s'appuya contre la voiture pour regarder Edward s'activer.

— Il est plus difficile qu'on ne le croit de faire un bonhomme de neige. Il y faut une... grande habileté, dit-il, essoufflé.

Ruth essayait de l'observer en tant qu'être humain, mais elle ne pouvait voir en lui qu'un représentant de son sexe.

— On commence par une boule de neige. Et puis tout ce qu'on a à faire est de se mettre à l'œuvre et de la rouler, la rouler et la rouler jusqu'à ce qu'elle devienne de plus en plus grosse...

— Et pour quoi ? demanda-t-elle sans réfléchir.

— Pour le corps, naturellement.

Il roula sa boule dans la neige, sur le sol. Elle avait déjà la taille d'un bébé.

Aux yeux de Ruth, chaque geste qu'il faisait, chaque pore de sa peau portait l'empreinte de la masculinité. Même ses phrases, sans parler de ses sentiments. Ses mots eux-mêmes semblaient différents de ceux qu'une femme peut prononcer. Elle avait la conviction que la partie la moins sexuelle du corps humain, un ongle de petit orteil, une rognure d'ongle de petit orteil, devait trahir le sexe de son propriétaire, en être imprégnée.

Tandis qu'il travaillait, la neige avait cessé de tomber.

Elle sentait entre les hommes et les femmes une séparation infranchissable. Elle avait la certitude que deux esprits de sexe différent ne pourraient jamais réaliser une identité de contenu.

Il transporta sa grosse boule de neige trapue sur la chaussée, où il la planta à côté de la voiture.

Elle avait l'air d'un tronçon, d'un fragment de colonne.

Il en équarrit un peu le haut avec ses mains. Puis il s'accroupit à côté et tassa une petite bordure de neige, plissée avec ses doigts, tout autour de la base pour assurer son équilibre.

— Et maintenant, la tête.

Il se pencha pour prendre une poignée de neige qu'il pressa entre ses mains.

— Ça, c'est le commencement. Heureusement, celle-ci n'a pas besoin d'être aussi grosse.

Il se baissa et commença de rouler sa boule de neige, comme une bille, en remontant la pente jusqu'au caniveau.

— Quelqu'un vient, dit Ruth.

Il saisit la boule de neige d'une main et le poignet de Ruth de l'autre et la fit courir sur la route, puis se baisser du côté le plus éloigné, derrière la voiture.

— C'est Anna, murmura Ruth. Avec cet homme.

Les pas de Don Juan et d'Anna ne faisaient qu'un craquement dans la neige, mais leurs voix et leurs rires étaient clairs.

— Où vont-ils ?

— Ils retournent à la maison, au bal. Cette route ne mène nulle part ailleurs.

Ruth regarda de nouveau. Elle vit la tête d'Anna faire un signe évident vers le bonhomme de neige lorsqu'ils le dépassèrent et l'entendit dire :

— L'homme de pierre. La statue *est* venue à votre souper.

— Il lui manque la tête, répondit l'homme.

— Il l'a secouée trop fort dans la scène du cimetière, dit Anna, marchant maintenant hors de portée de voix.

— Elle a un sacré toupet ! murmura Edward, exhalant à la fois son admiration et son soulagement parce que Anna et son compagnon avaient disparu. Comment osent-ils revenir !

Ruth jeta un rapide regard à la main d'Edward.

— Lancez-la, dit-elle.

— Quoi ? Ceci ?

— Vite !

Il descendit sur la chaussée et se tint en équilibre au sommet de la montée.

Le couple avait presque atteint la maison. La lumière venant des fenêtres tombait sur eux, les enveloppant d'un filet givré dans lequel ils faisaient pour Edward une cible clairement exposée.

Il lança sa boule de neige, puis se rejeta en arrière dans sa cachette, glissant sur les genoux près de Ruth.

— L'avez-vous atteinte ?

— Au beau milieu du dos. Non, plus haut. Entre les omoplates.

Mais ils n'eurent à réprimer aucun rire ni l'un ni l'autre.

Ruth regarda hors de la cachette.

Le couple était toujours debout au pied de la montée, devant l'entrée de la maison. Tous deux étaient d'un noir brillant. L'homme regardait encore autour de lui, courroucé, ou tout au moins interrogateur. La femme lui tenait le bras et faisait des gestes pour minimiser l'importance du dommage, ou peut-être pour le dissuader de poursuivre une investigation ou une vengeance.

L'homme passa enfin un bras autour de la femme et l'entraîna vers la maison.

Il y avait encore, dans le dos du manteau de sa compagne, une trace de neige qu'il n'avait pas réussi à enlever.

La lumière de la maison s'accrochait et se brisait en éclats sur les sequins attachés à la dentelle que la femme portait sur la tête. Peut-être un livre qu'elle avait lu, mais plus probablement le souvenir de photos de publicité empruntées à un film rappelèrent à Ruth des quais enneigés, la Russie, et – il lui fallut enfin l'admettre – Anna Karénine. La tête de la femme était entièrement voilée d'air givré, comme si quelqu'un avait respiré tout autour d'elle et que l'haleine fût restée, se détachant, opaque, sur la calme et froide atmosphère de la nuit, telles des griffes blanches gravées sur une plaque de glace noire.

15

Anne regarda dans la salle de bal, vit qu'Anna ne s'y trouvait pas et décida d'aller, si seulement ses invités voulaient rester assez longtemps en place, voir si elle était dans les chambres. Au fur et à mesure qu'elle sentait l'approche de l'aube et n'avait pas encore trouvé Anna, elle éprouvait de plus en plus de remords envers elle. Elle n'avait, pour justifier son remords, que cette menue trahison de l'avoir abandonnée au docteur Brompius, cela et le fait, qui n'était pas sa faute, de n'avoir pas trouvé Don Juan. Pourtant, en l'absence d'Anna – qui pouvait être un symptôme en soi (Anne pouvait l'imaginer profitant de sa connaissance de la maison pour y chercher un coin où pleurer) –, Anne se sentait coupée du cours des pensées de son amie. Non seulement elle ignorait ce que pensait Anna, mais Anna ignorait ce *qu'elle* pensait. Elle pouvait fort bien, lui semblait-il, imaginer, dans son ignorance, quelque trahison beaucoup plus monstrueuse et l'attribuer, bien à tort, à Anne.

Comme elle les avait ôtés et remis sans les laver, les bas d'Anne n'étaient plus ajustés à ses jambes. Ayant auparavant été tendus de façon à prendre la forme des genoux éléphantins, les bas ne pouvaient plus s'y adapter et vrillaient un peu. En montant le grand escalier, Anne tira furtivement sur l'une de ses jarretelles à travers le lamé, espérant l'amener à maintenir le bas plus tendu, mais sans succès. Quant au lamé, il pendait aussi pour la même raison. Elle n'eût guère pu le laver, mais, si elle y avait pensé à temps, elle aurait pu le suspendre, ou du moins l'étendre convenablement, tout comme elle aurait pu fermer sa chambre à clé. C'était, semblait-il, avec un mouvement de reproche que sa robe de lamé – sa robe de pachyderme – flottait sur les ondulations et les replis de son corps. Avec lassitude, elle enfonçait ses pieds dans les marches : un très vieil éléphant, une bête de somme qui accomplissait sa besogne.

Don Juan étendit le manteau d'Anna sur le toit de la chaise à porteurs, dans le hall, pour le faire sécher.

Le voyant ainsi étendu, avec une tache d'humidité au milieu du panneau central du tissu, Anna revécut l'impression qu'elle avait éprouvée en recevant la boule de neige dans le dos. Elle se rappela aussi, avec moins d'acuité, le sentiment qu'elle avait eu lorsque Rudy et elle avaient été arrêtés, l'impression que les tapotements des jointures sur le dos de Rudy se répercutaient dans les nerfs de son propre dos : ses sens s'étaient approprié l'intimation de l'intrus, croyant qu'elle en était l'objet, et il s'était révélé qu'elle n'avait rien à voir avec elle, puisque les jointures étaient celles du galant de Ruth Blumenbaum.

Don Juan, la voyant regarder l'endroit où la boule de neige avait touché le manteau, dit ce qu'il avait déjà dit à l'extérieur, avant de la conduire dans la maison :

— Ce devait être une boule égarée. Je suis sûr que personne n'a tenté de vous atteindre.

Cette fois, il révéla pourquoi il insistait sur cette conclusion en ajoutant :

— Il ne faut pas avoir l'impression que quelqu'un vous est hostile.

— Mais non, dit-elle, je ne me crois pas visée.

Satisfait, il ôta son pardessus et le jeta sur l'un des brancards de la chaise à porteurs. Ils avaient été laissés dans leurs anneaux de cuir et reposaient sur le sol.

— Ça ne vaut pas la peine de porter nos vêtements là-haut. Nous devons prendre le temps de danser.

— Nous n'avons jamais dansé ensemble, dit Anna.

Mais, même en approchant de la salle de bal, elle remarqua qu'aucune musique n'en sortait.

Ils ouvrirent la porte et, bien qu'elle fût complètement éclairée, la salle était vide.

— La soirée n'est sûrement pas finie, dit Don Juan, déconcerté. Ce n'est pas encore l'aube.

— Sans tous ces gens, la pièce paraît immense.

— Peut-être ont-ils été trompés par la fausse aurore.

Tandis qu'elle regardait dans la salle, il ajouta :

— Il existe une fausse aurore. Ou peut-être n'est-ce qu'un phénomène psychologique. Mais tout comme le soleil est précédé par l'aube, l'aube est précédée par quelque chose qui, du moins, semble rendre le ciel plus clair. Je l'ai constaté en quelques occasions où j'étais alors éveillé.

— Occasions, dit Anna, offertes pour la plupart dans des trains continentaux où l'on a un peu mal au cœur.

Une nausée sembla presque l'envahir et la faire frissonner.

— Comment Anne a-t-elle pu affronter quatre lunes de miel ?

Elle maîtrisa le frisson, s'avança gaiement dans la salle de bal et se dirigea tout droit vers le centre.

— Nous l'avons pour nous seuls, dit-il en la suivant.

— Mais il n'y a pas de musique.

Sans le regarder, elle avançait comme si elle essayait d'aller en droite ligne.

— Faites chanter les lustres, dit-il.

Elle pressa le pas et le dépassa un peu, avançant toujours en ligne droite. Sans dévier, brièvement, elle émit une note.

Tous les lustres répondirent, ni plus fort, ni plus doucement, la même note, mais un peu plus cuivrée dans les harmoniques que sa voix ne l'avait été. Ils la tinrent beaucoup plus longtemps qu'elle.

Anna continua à avancer, accentuant le peu d'importance de ce qu'elle avait fait.

La note des lustres s'éteignit.

— Refaites-le, dit Don Juan derrière elle.

À sa voix, elle pouvait déduire qu'il s'était arrêté à mi-chemin dans la salle.

— La magie disparaît quand le tour est répété.

Marchant toujours, elle atteignit l'extrémité de la pièce et se tint sous la galerie.

— Pas toute la magie, dit-il.

Elle se retourna pour lui faire face. Comme il la rejoignait, elle dit :

— Je me rappelle où tout le monde doit être. Dans la salle du souper. Anne a dit qu'elle servirait du bacon et des œufs, et du champagne.

— Donc, la salle du petit déjeuner.

— La salle du petit déjeuner.

— Pensez-vous à des petits déjeuners de noces, qui ne sont d'ailleurs pas des petits déjeuners ?

— Oui, répondit-elle en le regardant. Aux petits déjeuners de noces d'Anne.

Ils détournèrent leur regard l'un de l'autre et examinèrent la salle de bal. Ses dimensions les firent se blottir ensemble sous la galerie. D'un bras, il lui entoura la taille. On eût dit qu'ils s'abritaient d'un orage.

— Aimeriez-vous manger quelque chose ?

— Non. Et vous ?

— Je n'ai pas faim, dit-il.

— J'ai dit à Anne que vous ne mangiez pas beaucoup. Je viens de comprendre pourquoi.

— Pourquoi ? demanda-t-il. Pourquoi avez-vous dit à Anne que je ne mangeais pas beaucoup ?

— Je viens tout juste de me rendre compte que c'est parce que Don Juan dit qu'il a plus besoin de femmes que de pain.

— Oui, c'est peut-être mon cas, dit-il, mais pourquoi avez-vous dit à Anne quoi que ce soit sur moi, que je mange beaucoup ou peu ?

— Oh, pour lui permettre de m'aider à vous trouver.

— Vous me cherchiez ?

— Oui.

— Mais vous vous êtes sauvée.

— J'ai cru d'abord que c'était *vous* qui *me* cherchiez. Je croyais toujours vous voir. Mais pendant tout ce temps, vous étiez dans la bibliothèque.

— Vous rendez-vous tout à fait compte de ce que vous venez d'avouer ?

— Je me demande, dit-elle, si les initiales de Don Juan influent sur l'utilisation des tons de *ré* et de *sol* dans l'opéra[1] ?

— Vous avez l'esprit cryptographique.

— En ce moment, j'ai plutôt l'impression de n'avoir pas d'esprit. Restez là, dit-elle, se dégageant du bras qui lui entourait la taille et le quittant. Je veux vous regarder de la galerie.

Le docteur Brompius expliquait à Tom-Tom que bien qu'il lui fût égal de manger des sandwiches, ou même un souper froid debout, il ne pouvait digérer le bacon et les œufs que s'il les mangeait assis. Toutes les chaises dorées avaient de nouveau été transportées de la salle de bal dans celle du souper. Mais aucune d'elles n'était libre. Tom-Tom suggéra au docteur Brompius d'emporter son assiette dans le petit salon du premier étage.

Lorsqu'elle parut dans la galerie, il prit une pose, au-dessous, et, d'une jolie voix de baryton, commença la sérénade de Don Juan :

---

1. En anglais, le nom du personnage est resté Don Giovanni. Les initiales D. et G. correspondent, en français, aux notes *ré* et *sol*.

Deh, vieni alla finestra, o mio tesoro !
Deh, vieni a consolar il pianto mio !

— Continuez, dit-elle. J'aime votre voix.

— Une bonne voix d'amateur, dit-il, comme un vin sans marque. Mais j'ai peur à cause de votre oreille parfaite.

— Je suis désolée de vous inhiber. Ce serait être une vraie garce.

— De façon générale, dit-il, ce n'est pas le cas. Et vous ne l'avez pas été.

— Non.

— Vous comprenez, n'est-ce pas, que vous ne pouvez pas simplement disparaître… vous en aller… à la fin de ce bal ?

Il allongeait le cou vers la galerie pour voir son expression.

Elle ne dit mot.

— Êtes-vous libre ? Légalement, veux-je dire, demanda-t-il.

— Chut ! dit-elle. Les gens reviennent.

Il regarda autour de lui. Les portes de la salle de bal étaient ouvertes. Deux ou trois personnes se tenaient sur le seuil, manifestement prêtes à y retourner mais bavardant encore avec des gens dans le hall.

— Je me demande, dit Don Juan, si je peux faire un tour d'adresse.

Il s'élança soudain et son bras atteignit le bas de la balustrade, mais ses doigts ne purent la toucher.

— Je suis un piètre séducteur, dit-il, se frottant les mains non pour enlever la poussière, mais parce qu'il avait échoué.

— Montez, dit-elle. Venez vite.

— Était-ce, demanda Ruth à Edward, la première fois que vous l'avez fait ?

— Fait quoi ? Jeté une boule de neige ? Fait un bonhomme de neige ?

— Des rapports sexuels, dit-elle.

Il hésita.

Ils étaient assis de nouveau à l'arrière de la voiture, sous la couverture, mais sans se toucher.

— Eh bien, si vous tenez à le savoir, oui, dit-il enfin. Il faut bien commencer.

— Je suppose, dit Ruth, qu'on s'en tire mieux avec l'expérience.

— Si vous n'y avez pas pris de plaisir, pourquoi me blâmer ? Il est bien connu que les vierges sont difficiles à manier.

— Mais vous étiez vierge, vous aussi.

— Le mot « vierge » ne s'applique qu'aux femmes, dit-il.

— Mais non. Dans un livre, je l'ai vu appliqué à un homme.

— Quel livre ? Vous n'avez pas besoin de croire tout ce qui est imprimé.

— *La Mort d'Arthur*, de Malory, dit Ruth.

— Vous l'avez lu à l'école ?

— Des passages. Il y est dit que le chevalier Galahad était vierge.

— Ce devait être une faute d'impression. Le professeur en a-t-il donné l'explication ?

— C'était l'un des passages que nous étions censées ne pas lire. Je l'ai lu toute seule.

— Parce que vous pensiez y trouver des choses sexuelles ?

— Non, parce que c'est de la littérature. Ce n'était pas très intéressant.

— La littérature française est peut-être plus intéressante à cet égard, dit Edward. Dommage que mon français soit si mauvais.

— Mais pas inefficace comme amant, lui dit Anna lorsqu'il la rejoignit dans la galerie.

— En êtes-vous sûre ?

— Par le plus évident des signes, dit-elle.

— Eh bien, je crois que c'est une femme terriblement séduisante, dit Edward comme ils sortaient de la voiture. C'est pourquoi j'ai eu une telle satisfaction à lui jeter une boule de neige.

— C'est une contradiction. On jette des choses à des gens qu'on n'aime pas. Je suppose aussi que cela lui a fait mal. La boule était très dure et glacée. De toute façon, elle ne vous prêterait aucune attention, même si vous la trouvez séduisante.

— Ce n'est pas du tout une contradiction, dit Edward. Cela montre justement que vous n'êtes guère au courant des choses du sexe. Des femmes d'un certain âge s'intéressent très souvent à des hommes plus jeunes qu'elles. En France, avoir une maîtresse bien plus vieille que lui et expérimentée fait partie de l'éducation d'un jeune homme.

— Une femme comme Anna ? demanda Ruth, le provoquant.

— Une femme comme Anna, répéta-t-il avec défi.

Elle se précipita sur lui pour le frapper.

Il leva les paumes et reçut les siennes comme des tampons reçoivent un train. Il lui saisit les poignets et lui immobilisa les mains. Mais les jambes de Ruth étaient encore libres. Du pied, elle lui jeta de la neige. Riant, réchauffé et content d'être de nouveau en contact physique avec elle, il essaya de planter ses pieds, largement écartés, sur les siens pour les immobiliser. Il échoua. De son genou anguleux, couvert de soie blanche, elle lui assena un coup dans l'entrejambe.

Il la repoussa et se plia en deux. Au bout d'un certain temps, il recula à tâtons pour aller s'asseoir sur le marchepied de la voiture.

— Seigneur ! dit-il. Ne vous a-t-on jamais dit de ne pas frapper un homme à cet endroit ?

Elle le regardait fixement, terrifiée par le mystère et la séparation des sexes, se demandant si c'était la même douleur que lorsqu'on vous frappe sur les seins, ou pis encore.

— Que vous êtes ignorante ! dit-il.

Elle devint furieuse.

— Ça m'est égal si j'ai… commença-t-elle.

Mais il avait déjà ébranlé son assurance en mettant son vocabulaire en doute. Et, n'étant pas sûre de trouver le terme approprié, elle laissa sa phrase inachevée, se détourna et descendit la pente en courant pour entrer dans la maison.

— Mais je ne puis sauter dans les galeries, dit-il. Toutes les femmes de ce monde pourraient paraître sur leur balcon et je ne pourrais les atteindre.

— Désirez-vous toutes les femmes de ce monde ?

Il réfléchit.

— Oui, mais vaguement.

Elle se mit à rire.

— Si, suggéra-t-elle, vous vous transfériez de *Don Giovanni* au *Sérail*, vous pourriez vous aider d'une échelle.

— Il n'y a pas de rôle de baryton dans le *Sérail*, objecta-t-il. Et la basse, en admettant même que je puisse descendre jusque-là, est trop bouffe pour moi. Je suis essentiellement sérieux.

— Vraiment ?

— Oui, dit-il. Oui, je suis sérieux. Vous savez que je le suis, n'est-ce pas ?

La porte de la salle du souper s'ouvrit, laissant passer quelques personnes et une forte odeur d'œufs et de bacon fumé. Ruth avait deviné que ses parents seraient là. Elle entra directement, les chercha parmi la foule, automatiquement, pour se rassurer, comme un petit chien, presque par le flair ou le sens du toucher. Mais dès qu'elle les eut trouvés, elle n'eut plus besoin d'eux.

— Hullo, ma chérie, dit Myra. Où est Edward ?

— Dehors, je crois. Il voulait un peu d'air frais.

— Il n'est pas ivre, j'espère ? demanda Myra.

— Pas au point de ne pouvoir rester debout, répondit Ruth.

Puis elle s'éloigna de ses parents pour se perdre dans la foule. Bien que sa réponse trahît son refus d'être impressionnée par l'idée d'ivresse, elle lui déplut autant qu'une pauvre réplique parce qu'elle savait que ce qui la lui avait mise dans l'esprit était le fait que, lorsqu'elle l'avait quitté, Edward ne pouvait se tenir debout.

Comme Ruth disparaissait dans la foule, Myra dit à Rudy :

— Oh ! mon Dieu. J'espère qu'elle aura quelque chose à manger.

— Ne te tracasse pas, Mère. Si elle se passe pour une fois de son petit déjeuner, elle ne s'en portera pas plus mal. À vrai dire, elle me paraît avoir grandi trop vite.

— De nos jours, les enfants grandissent si vite ! dit Myra. C'est à cause de toute cette publicité sur le sexe affichée partout.

Anna était appuyée de tout son poids sur la balustrade, regardant dans la salle de bal, où seuls quelques invités avaient paru. Don Juan, un bras tranquillement passé autour d'elle sans la serrer, comme un manteau ou l'aile d'un oiseau qui aurait eu la taille d'un homme, regardait par-dessus sa tête.

— Comme j'ai, il me semble, passé toute la soirée à vous l'expliquer, dit-il paresseusement dans les cheveux et la dentelle noire, il ne sert à rien de fuir. Parce que vous n'en avez pas envie.

Elle ne le contredit pas.

— Si vous imaginiez encore m'avoir vu parmi les danseurs, songez un peu à ce que vous seriez capable d'imaginer dans Piccadilly Circus à une heure d'affluence.

Elle ne le contredit toujours pas.

— En outre, ajouta-t-il, d'un point de vue purement pratique...

— Lequel ? demanda-t-elle.

— Si vous y réfléchissez, vous devez comprendre que je peux très facilement apprendre qui vous êtes, où vous habitez, tout à votre sujet... par Tom-Tom.

Elle s'écarta un peu de lui et commença d'élever des objections, mais il les récusa :

— Bon, vous ne répondriez pas à mes lettres et refuseriez de me parler au téléphone. Mais je pourrais obtenir de Tom-Tom qu'il nous invite tous deux à dîner. Il le ferait pour moi. Il a un petit faible pour moi.

Elle s'écarta tout à fait de lui, se tourna délibérément vers lui et lui parla avec mépris.

— Vous parlez comme si vous étiez son valet. Vous vous vantez de son petit faible pour vous.

— Bien, dit-il avec défi. Je ne suis pas son valet, mais son mercenaire. Et alors ? Je n'en ai pas honte. C'est sans importance.

— Oh ! mon Dieu, dit-elle. Avant de vous vanter de la bienveillance de votre maître à votre égard, avez-vous réfléchi à *ma* position dans cette maison ?

— Que voulez-vous dire ?

— Je n'ai qu'à dire à Anne de ne pas s'aviser de nous inviter tous deux à dîner. Je n'ai qu'à demander à Anne de dire à Tom-Tom de ne *pas* vous révéler mon nom.

— Très bien, dit-il après quelques instants, d'un ton soumis, cette fois, et baissant la tête.

Puis, la relevant :

— Tout de même, vous voulez réellement...

— Oh ! vouloir, dit-elle d'un ton de dérision.

— Pourquoi être aussi méprisante ? C'est vous qui avez dit que, dans cette maison, l'escalier des domestiques nous convenait. Vous parlez maintenant comme si vous apparteniez à *leur* classe.

— C'est vrai en un sens, dit-elle avec lassitude. C'est dans cette classe que je me suis mariée.

— Ah ?

— Voilà comment je les ai connus.

— Eux ? dit-il vivement. Lequel des deux ? Ils ne sont mariés que depuis peu de temps.

— Oh, Anne, bien entendu, dit-elle. Je vous ai dit que je ne connaissais guère Tom-Tom.

Puis elle commença lentement :

— Mon mari était...

— Était ? Mais il n'est pas mort ?

— Non. J'ai dit « était » pour essayer de le situer pour vous dans l'ordre naturel du temps. Mon mari était le...

— Laissez-moi deviner, interrompit-il. Le frère d'Anne ?

— Non, ce serait « est », je suppose, dit Anna. Sans doute serait-il toujours son frère...

Elle regarda Don Juan avec une expression radoucie.

— Mon cher, vous avancez de façon merveilleuse dans mon labyrinthe. Vous ne tombez pas juste, mais, mon Dieu, vous en percevez l'atmosphère.

— Eh bien, dites-le-moi.

— Mon mari était le premier mari d'Anne. Elle l'a épousé, puis elle a divorcé d'avec lui. Je l'ai épousé, puis j'ai divorcé d'avec lui.

— Oh ! dit Don Juan, révisant manifestement l'ancienne information tandis qu'il s'habituait à la nouvelle. Et maintenant, il vit à l'étranger ?

— Mm...

— Mais je ne vois pas, dit finalement Don Juan, pourquoi ne l'avoir pas dit tout de suite. Ce n'est pas monstrueux. Ce n'est pas incestueux. Anne et vous avez eu un mari commun. Voilà tout.

— Voilà tout, admit-elle. Je ne vous l'ai pas dit parce que je pensais que cela pourrait vous induire en erreur. Je pensais que vous pourriez croire que cela expliquait tout... ou du moins des choses que cela n'explique pas.

— Quelles relations bizarres vous devez avoir avec Anne ! dit-il.

— Eh bien là, voyez-vous, ce n'est pas le cas. Que croyez-vous donc ? Que nous parlons de lui ? Que nous échangeons des confidences conjugales ?

— Non. Non.

— Alors croyez-vous que nous écartons ce sujet ? Croyez-vous que ce soit le seul sujet dont il n'est jamais question entre nous ?

— Je pencherais plutôt pour cette dernière éventualité.

— Il n'en est pas ainsi, dit-elle d'une voix très lasse. C'est là l'extraordinaire. Ce ne sont pas du tout des relations extraordinaires. Ce qui est vraiment étrange est que cela, je crois, ne nous vient jamais à l'esprit. Je crois que nous avons tout simplement *oublié* toutes deux ce qui nous a réunies.

Assis sur le marchepied, Edward se sentit tout à fait engourdi par le froid. Il savait qu'ayant exagéré ses torts envers Ruth, il les exagérait maintenant envers lui-même. De fait, il avait pesé si fort sur les mains de Ruth que ses jambes n'avaient guère eu la liberté de manœuvre nécessaire pour lui assener un coup très violent. Néanmoins, il se sentait justifié à exagérer parce qu'elle *aurait* pu le blesser grièvement : elle était assez ignorante et, par là, il entendait qu'elle avait besoin d'une leçon.

Il se leva et marcha péniblement dans la neige, essayant de se souvenir de taper des pieds pour les réchauffer. Il ne s'éloigna guère de la voiture des Blumenbaum. Il avait à l'idée que si un agent de police le trouvait en train de rôder autour des voitures de gens qui ne le connaissaient pas et ne prendraient pas sa défense, il pourrait être arrêté.

L'arrière de la voiture des Blumenbaum se redressait et jusqu'à une certaine hauteur, non pas tout à fait verticalement, mais avec la plus sobre des inclinaisons, comme le dos d'une vieille fille sur une bicyclette. Pour sa part, Edward préférait les châssis surbaissés, tout comme les guidons surbaissés. Voilà ce qu'il eût acheté s'il avait eu la même somme d'argent à dépenser pour une voiture que Rudy Blumenbaum. Mais il n'avait pas confiance en son propre goût et pensa que s'il avait eu cet argent à dépenser, il eût tout simplement révélé son goût superficiel. Il croyait que le bon et le mauvais goût sont absolus, sans croire à sa propre faculté de les distinguer. Ce que Rudy avait obtenu pour son argent était non seulement un luxe, mais un luxe respectable, cette respectabilité qui s'attache aux choses démodées, à cet aspect d'ancien régime. Edward détestait et méprisait la voiture de Rudy Blumenbaum, mais pour rien au monde il n'eût voulu perdre son lien avec elle. Il espérait un peu qu'un agent de police allait l'interpeller : c'eût été un lien avec un objet qu'Edward n'eût pu acquérir parce que son goût n'eût pas été assez élastique pour y parvenir. Ce qu'Edward éprouvait pour la voiture des Blumenbaum était ce qu'aurait pu éprouver un jeune homme pour une vieille fille d'un certain âge, parente éloignée ennuyeuse, démodée, fastidieuse dans son insistance sur la discipline et prétendant qu'on devrait apprendre aux jeunes à s'asseoir bien droit en leur attachant une planche dans le dos, et pourtant inestimable parce qu'elle avait un titre.

Sur la sobre inclinaison de l'arrière de la voiture, la neige s'était amoncelée de façon inégale et, à tout moment, la couche entière pouvait glisser. Elle s'était entassée du bas vers le haut et, sur les bords et au sommet, la sobre peinture vert sombre était encore visible. Prenant grand soin de ne pas détacher toute la couche, Edward traça dans la neige avec un doigt : « JUIF » puis, tout joyeux, retourna vers le bal.

Une trentaine de personnes se promenaient maintenant dans la salle de bal. Il n'y avait toujours pas de musique, bien que quelques membres de l'orchestre fussent revenus s'installer sur l'estrade. Ils avaient cependant l'air d'être victimes d'un changement de programme, un air malheureux. Ils avaient placé des pupitres sur lesquels ils déposaient des feuillets comme s'ils allaient jouer de la vraie musique.

Don Juan dit à Anna dans la galerie :

— Cela ne change rien. Nous en revenons au fait que vous ne pouvez fuir parce que vous n'en avez pas envie. Une personne de votre tempérament ne saurait en avoir envie.

— Pourquoi ? demanda-t-elle. Pourquoi n'en aurais-je pas envie ?

— Parce que partir est mourir un peu. Cette remarque, ajouta-t-il, est digne d'un coiffeur qui a lu. Je suis navré, mais quand je suis très fatigué, je commence à pondre des aphorismes douteux.

Elle se mit à rire.

— Nous aurions tous deux besoin d'une bonne journée de sommeil, dit-elle.

— Eh bien, irons-nous dormir chez moi ou chez vous ?

— S'il n'y en avait d'autres, dit-elle, il y aurait des objections d'ordre pratique. Je ne puis être vue m'en allant avec vous.

— Pourquoi pas ? Quelle importance cela aurait-il ? De toute façon, même si vous tenez à observer les convenances, ce serait parfaitement correct. Vous oubliez que ce sera le matin. Le matin, on peut fort bien être vu partant avec n'importe qui. C'est aussi sûr que de rentrer chez soi avec le laitier.

— Avez-vous jamais songé au laitier ? demanda-t-elle d'une voix ensommeillée. Connaissez-vous la place qu'il occupe dans notre civilisation ? C'est une sorte de surparent.

— Je le vois, dit Don Juan, comme une sorte de Père Noël quotidien.

— Dans notre souvenir, dit Anna, il remonte à une période antérieure à cet affreux moment de séparation où l'on se rend compte que l'on a deux parents, un de chaque sexe. Donc, le laitier est un homme, et pourtant c'est de lui qu'on obtient le lait.

— C'est si absurde, dit Don Juan, que je crois que ce doit être vrai. Sinon, je suis *très* fatigué.

Regardant dans la salle de bal, Anna distingua, parmi les promeneurs, l'homme qui avait l'air d'un œuf dur.

Essayant tour à tour, méthodiquement et avec lassitude, toutes les portes du premier étage, Anne jeta un coup d'œil dans la petite salle de musique où elle jouait parfois du piano tandis qu'Anna chantait. Mais Anna ne s'y trouvait pas. C'était une pièce pratique, presque la seule pièce pratique de la maison. Son unique ornement était un gros œuf de cristal, de la taille d'un œuf d'autruche, qui reposait sur la cheminée, une papillote de papier d'argent glissée sous le bord pour l'empêcher de rouler.

Bien qu'Anna ne fût pas là, Anne entra et ferma la porte. Elle retroussa sa jupe de lamé et essaya de resserrer sa jarretelle.

L'œuf sur le dessus de la cheminée lui rappelait toujours Léda. Elle aimait les peintures de Léda et du cygne : celle du Corrège, la composition de Léonard, celle de n'importe quel autre peintre qui lui venait à l'esprit, car elle admettait que ce qui lui plaisait était le sujet en soi, et non la façon de le traiter. De fait, il lui donnait un frisson érotique. Elle décida de se rappeler de demander à Anna, quand elle l'aurait trouvée, de lui expliquer la psychologie du frisson. Elle-même ne pouvait justifier la chose, car elle n'avait jamais éprouvé le moindre désir de s'accoupler à un cygne.

Elle rajusta soigneusement le lamé et fit un pas, mais constata que la jarretelle n'était pas mieux tendue.

Il lui vint à l'esprit que lorsque Tom-Tom avait sa tenue de bateau, ses pieds épais, dans les bottes de caoutchouc, ressemblaient aux fortes pattes gris-noir et imperméables d'un échassier.

— J'ai aperçu toute la nuit ce drôle de petit homme, dit Anna.

— Lequel ?

— L'homme pansu au gilet chinois.

— Qui est-ce ?

— Je n'en ai aucune idée, ni dans la vie ordinaire ni en travesti. Personne ne semble le savoir. Il est toujours seul.

— Il ne ressemble vraiment à personne, ni dans la vie réelle ni en travesti.

— Peut-être a-t-il fait quelque chose de très intelligent, suggéra Anna, en se déguisant en homme anonyme du XVIIIe siècle. Il me rappelle, en tout cas, un œuf dur.

— À propos, dit Don Juan, au sujet du laitier, n'oubliez pas qu'il pond aussi des œufs sur notre seuil.

— Léda, dirent-ils ensemble.

— Avez-vous remarqué, dit Don Juan, que le commencement de l'amour est toujours la même pensée à deux ?

— Oh, l'amour ! dit-elle, écartant le sujet.

Il n'est pas possible que vous le preniez de façon aussi désinvolte, dit-il.

— C'est curieux, dit Anna, votre citation de Walter Pater à propos de Léda est aussi l'une des favorites d'Anne.

Edward trouva Ruth immédiatement, alla tout de suite à elle et lui passa un bras autour de la taille.

— Ça va ? demanda-t-elle aussitôt.

Curieuse, mais embarrassée de l'être, elle avait envie de regarder la partie inférieure du corps d'Edward, qui, dans la culotte étroitement ajustée, s'offrirait, elle en avait l'impression, presque nue à son examen. Anxieuse de ne pas abaisser son regard, elle attachait ses yeux sur son visage avec une fausse concentration, comme si les membres inférieurs d'Edward étaient une connaissance qu'elle s'efforçait de ne pas voir dans la rue.

— Merveilleusement, répondit-il, ayant oublié pour quelle raison cela n'irait pas. Pourquoi ? Je me sens en forme.

— Vraiment, dit Ruth avec méfiance, s'écartant un peu de lui. Pourquoi ?

— J'ai réfléchi, dit-il. N'est-ce pas magnifique ? Que lorsque ça vous arrive pour la première fois, veux-je dire... ça se passe dans une Bentley.

— Anne a divorcé d'avec lui, dit Don Juan, faisant un résumé, et puis vous avez divorcé d'avec lui. Et puis Anne s'est remariée.

— Remariée et remariée... dit Anna avec une pointe de sarcasme et un peu de lassitude.

— Mais pas vous ?

— Non.

— Mais vous avez eu des tas d'amants.

— Oh, qu'appelez-vous des tas ? demanda-t-elle, se moquant de lui. Quel est votre standard ? À côté de Messaline, je ferais pâle figure.

— Eh bien, pas mal, alors ? rectifia-t-il.

— Pas mal ? Oui, pas mal. Il n'est pas difficile, voyez-vous, de trouver des hommes. Je suis – ou j'ai été – assez séduisante.

— Croyez-vous que vous ayez à me le dire ?

— Ne vous ai-je pas dévoilé mes imperfections ?

— Mais, dit-il, je suis de ceux qui préfèrent la vie à la perfection.

— Tu es trop innocent, Rudy, déclara Myra Blumenbaum comme tous deux quittaient la salle de bal. Je suis certaine qu'il l'embrasse quand ils sont seuls. Mon Dieu, ajouta-t-elle, je n'avais jamais cru que nous resterions si tard. Ce doit presque être l'aube.

— Allons, dit-il, il faut bien que les gosses s'amusent.

— S'ils s'embrassent, cela t'est bien égal ?

— Ce n'est pas ce que je veux dire. Je veux dire qu'il nous fallait bien veiller pour une fois afin de leur donner une chance. Je ne crois pas qu'il l'embrasse.

— Je suis sûre que si. De nos jours, ils sont si précoces.

— Peut-être ferais-je mieux de dire un mot au jeune Edward.

— Oh ! non, Rudy. Que lui dirais-tu ?

— Oh ! tu me connais, dit Rudy. Je suis doux comme un agneau quand il le faut. Je crois que je lui dirais simplement : « Tout doux, Doudou. »

L'orchestre se mit à jouer, mais c'était une musique à laquelle ni les musiciens ni les danseurs n'étaient accoutumés.

— Oh ! mon Dieu, dit Anna, riant à demi dans le bras de Don Juan qu'elle tenait. Maintenant, nous ne danserons jamais ensemble. Pourquoi les danses du XVIIIe sont-elles si lugubres ? Danser sur une telle musique est la dernière des choses que l'on puisse faire.

— Ce n'est pas pour rien que tant d'entre elles sont appelées contredanses.

— Je suppose qu'elles ont été écrites pour des funérailles. C'est un malentendu. À propos, c'est le docteur Brompius qui les a arrangées. Elles sont l'œuvre de compositeurs de cour suédois.

— Ça ne m'étonne pas, répondit-il lugubrement.

Néanmoins, dans la salle de bal, quelques personnes essayaient de danser. Elles s'étaient placées sur deux rangs et tentaient d'improviser une danse sur le modèle plus majestueux des danses campagnardes. Mais il était évident que personne n'arrivait à se rappeler ce modèle. Les deux rangées se disloquèrent en commençant par les danseurs des extrémités, et tous rejoignirent la foule qui occupait encore la salle tel un lieu de promenade.

Les musiciens jouaient comme s'ils eussent aimé trouver, eux aussi, une occasion de se retirer.

Le docteur Brompius n'avait pas été à même d'arranger une partie pour celui qui avait été chargé de faire le bruit d'un sac de haricots secs qu'on agite. L'homme restait sur l'estrade sans rien faire, sur le point de s'endormir.

Le regard d'Anna fut attiré vers les élégantes et hautes fenêtres de la salle de bal. Au-dehors, le ciel était devenu d'un gris plus clair.

— Est-ce l'aube ? demanda-t-elle à Don Juan. Ou simplement la fausse aurore ?

Tous deux observèrent le ciel un moment. La lumière augmenta sensiblement, puis inéluctablement.

— L'aube, dit-il, d'une voix attristée.

Des bancs de nuages gris passaient devant la fenêtre, puis se dispersaient après s'être disloqués sur les bords, tout comme les rangs de danseurs dans la salle.

Au plafond, les lumières étaient annihilées par celle du dehors. Elles continuaient à briller, mais comme quelqu'un qui parle sans auditoire. À peine étaient-ce encore des lumières. Leur éclairage cessait d'illuminer et allait se décolorant. C'étaient de simples choses jaunes, d'un jaune pâle, facilement oubliées. Elles ne pouvaient plus faire jaillir la moindre étincelle des lustres, dont le nimbe était réduit à un simple pétillement de la couleur du champagne. Chacun ressemblait à une tête blonde mal décolorée, mal coiffée, d'où le décolorant et la mise en plis commencent à disparaître.

Peut-être l'aube amena-t-elle un dégel momentané. Peut-être était-ce le premier signe d'un dégel général : au-dehors, dans le cul-de-sac, un doigt de neige, un doigt fourré, comme une chenille, tomba de l'une des branches grêles et basses d'un arbre. Une minute plus tard, la neige tomba sur toute la longueur de la branche. Le premier amas atterrit, explosa et demeura épars telle une grosse houppe écrasée sur le haut du torse du bonhomme de neige d'Edward. Le reste tomba tout droit et entièrement, comme une mèche de fouet en diagonale, en travers du toit de la voiture de Rudy Blumenbaum. La pointe extrême de la ligne de neige, qui représentait la pointe extrême de la branche dont elle était tombée, vint frapper l'angle supérieur de l'arrière incliné de la voiture. La neige qui s'y trouvait entassée commença de se déplacer. Après une seconde d'hésitation, elle fut entièrement délogée et emportée pour s'effondrer sur la route, quelque part derrière le pare-chocs arrière.

Deux portes après celle de la salle de musique, dans le petit salon, Anne trouva le docteur Brompius. Il était assis sur le joli divan douillet et fleuri. Sur la place vide à côté de lui, gisait une assiette graisseuse.

Il se leva dès qu'Anne entra et, simultanément, ils posèrent une question.

— Docteur Brompius, avez-vous vu Anna ? demanda Anne.

— Madame, est-ce le moment des suites de danses suédoises ? demanda le docteur Brompius.

Consternée d'avoir oublié, puis de nouveau consternée par sa flagrante hypocrisie, Anne dit :

— C'est pourquoi je cherche Anna. Elle serait si déçue de les manquer !

— Alors, je suppose qu'elle est déjà en bas. Descendons-nous, madame ?

— Descendez, vous, docteur Brompius, dit Anne comme si elle lui demandait une faveur confidentielle.

Elle transporta l'assiette sur le dessus d'une jolie petite écritoire d'acajou contré le mur et s'assit à sa place sur le divan.

— Je suis si fatiguée, ajouta-t-elle. Il faut que je me repose seule un moment.

— Je comprends, répondit-il.

À la surprise d'Anne, il commença de se retirer. Une fois à la porte, il dit :

— Je n'ai pas vu la dame dont vous avez parlé depuis des heures. Elle est partie avec un monsieur travesti en Don Juan.

— En êtes-vous sûr ? cria Anne, se levant à demi du divan. En noir ? Avec un masque ?

— Oui, oui, oui, dit le docteur Brompius.

Dans le couloir, il avait entendu la musique suédoise monter d'en bas et il se hâta vers elle.

Anne se renversa sur le divan, satisfaite, si satisfaite qu'elle étendit bientôt le bras et, d'où elle était assise, réussit à saisir du bout des doigts le haut de la tirette de l'écritoire. Elle l'abaissa, révélant, à l'intérieur, une reproduction en bois compliquée de la façade d'un temple grec. Se soulevant un peu sur un bras du divan, elle parvint à passer la main sous le péristyle et à saisir un joli petit panier d'argent George II dans lequel elle gardait toujours quelques pastilles de menthe.

— Voilà le docteur Lugubrious en personne, dit Don Juan, pointant un doigt vers la salle de bal. Il vient tout juste d'entrer. Il veut écouter.

Ils observèrent son crâne tandis qu'il se frayait énergiquement un chemin à travers la foule et prenait place près de l'orchestre. Les musiciens, qui l'avaient remarqué mais faisaient semblant de l'ignorer, étaient visiblement gênés par sa présence.

— Voilà également votre œuf dur, dit Don Juan. Il est arrivé à temps pour le petit déjeuner.

L'homme allait seul, dans la foule.

La salle de bal était maintenant pleine de monde. Seules quelques personnes dansaient au milieu. Elles étaient presque entièrement englouties par les promeneurs, comme la proie engloutie par l'amibe.

— Vous ne pouvez pas me laisser, dit Don Juan à Anna.

— Et pourquoi pas ? Parce que je suis l'une de vos victimes ?

Mais il n'y avait plus de défi dans sa voix.

— Parce que je suis l'une des vôtres. Je vous aime.

— Oh, l'amour, dit-elle, du même ton de dérision qu'elle avait eu auparavant, mais avec moins de conviction.

— Vous ne pouvez pas effacer cela ainsi.

— Et pourquoi pas ?

Mais sa voix était presque épuisée.

— Parce que vous y croyez, dit-il. J'allais presque dire parce que vous croyez en *lui*.

16

Sa statue se trouvait dans la niche, sur le palier, en haut du grand escalier, de sorte qu'il présidait la maison.

Anna avait un jour fait remarquer à Anne qu'il présidait de la même façon aux opéras de Mozart. Anne songeait souvent aux citations de celui-ci, surtout lorsqu'elle pensait à Anna, dont l'esprit, elle le savait, en fourmillait. La propre réserve d'Anne avait fourni le souvenir de Pedrillo invoquant Cupidon en tant que voleur de cœurs – *Nun Cupido, du Herzensdieb* – et lui enjoignant de tenir l'échelle à l'aide de laquelle les femmes devaient être enlevées du sérail, ainsi que le souvenir de la comtesse Almaviva priant Cupidon personnifiant l'Amour lorsqu'elle chante :

Porgi, Amor…

Et Chérubin lui-même, ajouta Anne, passant devant la statue comme elle se préparait à descendre, était cousin germain de Cupidon.

Tout en descendant l'escalier, elle pensait aux deux cousins en bas âge jouant ensemble comme le Christ et le saint Jean-Baptiste de Léonard, ou, plus proches encore que des cousins, jouant ensemble après être sortis d'une seule coquille, de l'œuf à deux jaunes de Léda.

Anne se retourna et remonta quelques marches pour regarder la statue.

Vue de près, elle était hideuse. Bien entendu, c'était en partie à cause de son âge : un bébé d'au moins deux cents ans… quant au bois du moins, mais remontant probablement à deux millénaires dans sa conception mythologique. Son or s'écaillait par larges couches, comme s'il avait été brûlé par le soleil, révélant le fond cramoisi au-dessous. Son aile était ébréchée, les vers l'avaient visité, puis abandonné. Mais il était également hideux dans sa conception mythologique, et toute la restauration du monde n'eût pu le cacher. Un gros lourdaud ventru qui avait grandi trop vite, trop éveillé pour son âge présumé. Si l'on jugeait de son âge à son aspect joufflu, il eût été à peine capable de se traîner. Et pourtant, monstre précoce, il volait de par le monde, ne pensant à rien d'autre qu'au sexe. En mesure de voler, et pourtant ne sachant pas très bien mettre pied à terre, il avait posé sur le sol un large orteil bien étalé. Mais sa pose aérienne, dans laquelle il semblait à peine en équilibre, lui seyait, puisqu'il lui fallait, en réalité, être appuyé sur un support de fer rouillé qui montait de son socle et disparaissait dans la partie inférieure de son corps, sous la flottante draperie de bois qu'il maintenait décemment sur la région pubienne, avec l'inconvenante timidité d'un vieillard qui s'enveloppe d'une serviette de bain et ne se fait pas scrupule de révéler le ballottement beaucoup plus inconvenant de son ventre corpulent. Cupidon, avec son ventre corpulent de vieillard, sa bouche maussade, ses joues arrogantes, ses fesses rebondies et criblées de vers, n'avait pas à cacher sa nudité puisqu'il n'était encore qu'un petit enfant, et que le baigner eût été l'affaire de vieilles femmes. Anne l'eût volontiers lavé si elle n'avait craint de voir l'or s'écailler tout à fait. Il avait appartenu à sa mère, dont il ne s'éloignait jamais beaucoup malgré toutes ses prétentions à l'indépendance et au droit de jouer de mauvais tours, de prendre soin de cet enfant dodu, si cette femme, cette déesse, n'avait été une salope et une putain occupée à d'autres choses. En tout cas, cette draperie flottante n'avait aucun sens, puisque toute sa personne était phallique. Il était phallique du bout des ailes (l'écornure au bout de l'une d'elles ne pouvait ni le déguiser ni l'atténuer) jusqu'à la pointe de son pied charnu, et jusqu'aux pointes de ses flèches. (S'il avait jamais réussi à achever le geste que son sculpteur l'avait voué à ébaucher perpétuellement, s'il avait réussi à décocher la flèche qu'il se bornait à manier dans le carquois et avait placé la corde de l'arc, maintenant disparue, dans l'encoche de cette flèche, le projectile eût porté un coup mortel en plein cœur de la salle de bal.) Même la base de son carquois, petit entrepôt d'armes qu'il portait à la hauteur des reins, formait une cavité semblable à un scrotum. Il était donc inutile qu'il dissimulât son mystère aux femmes, sa puissance précoce aux hommes, qu'il taquinât les pucelles pour leur faire deviner ce qu'il y avait là et les puceaux pour leur faire deviner ce qu'il fallait en faire.

Vu de près, il était tout à fait hideux.

Anne souhaita qu'il y eût un monde dans lequel toutes les armes ne seraient que des symboles phalliques, dans lequel la mort ne ressemblerait pas seulement à l'étreinte d'un amant, mais le serait entièrement et uniquement.

Debout devant la statue, elle prononça distinctement une prière au seul dieu en lequel elle avait foi, celui qu'elle croyait seul capable de sauver le monde.

— Ô Cupidon, sauve le monde !

17

De la galerie, Anna vit Anne entrer énergiquement dans la salle de bal – ou du moins, devina-t-elle, avec la résolution d'être énergique –, se jeter sur ses invités et les entraîner à danser aux accents de la musique funèbre. Tête baissée, elle s'affairait, petite Pallas Athéna replète et indomptable dans son armure de lamé (la reine Anne dans une allégorie héroïque) ou peut-être le petit hibou duveteux de Pallas Athéna, pour sauver une ligne de bataille qui, si elle n'était pas rompue, était certainement sur le point de l'être. Anna se demandait si son empressement à sacrifier le dernier vestige de son énergie pour sauver la face au docteur Brompius était animé par le remords d'avoir, quelques heures plus tôt, sacrifié son amie en la poussant dans ses griffes. Anne rallia la ligne de danseurs qui existait encore ou s'accrochait à l'existence. Elle racolait de nouvelles recrues. Elle avait pris Voltaire et Rudy chacun par une main et les tirait, entraînant avec eux toute une rangée languissante à la rencontre d'une autre – dont la plupart des danseurs ne s'étaient pas avancés au bon moment – pour faire la révérence et reculer de nouveau. C'était une version majestueuse et lente de *Nuts-in-may*[1]. En se retirant, Anne reculait avec tant d'imposante énergie, se cognant le dos avec une telle vigueur dans la foule qui la gênait, que celle-ci était obligée de céder, et même de faire place à la danse qui, elle était maintenant forcée de le voir, avait gagné le milieu de la salle.

Et tout à coup, au moment où la chose eût pu réussir, tout s'arrêta, parce que l'homme qui avait l'air d'un œuf dur tomba à terre au milieu de la foule, au centre de la salle de bal.

— Votre œuf s'est trouvé mal, dit Don Juan.

Voltaire, et Anne, bien entendu, se précipitèrent. Les gens cessèrent de parler. Anna entendit Voltaire déclarer, agenouillé auprès de l'homme : « Ces vêtements du XVIIIe sont trop ajustés. Je vais essayer de les déboutonner. »

Les musiciens, ne sachant ce qui était arrivé, saisirent l'occasion pour cesser de jouer la difficile musique et se penchèrent en avant pour découvrir ce qui arrivait.

Anna remarqua que le compagnon de Ruth Blumenbaum, celui qui était déguisé en Casanova, était là également, agenouillé.

Voltaire prononça quelques mots, visiblement pour Anne seule, mais, bien entendu, d'autres comprirent et posèrent des questions, y compris le jeune Casanova, qui reçut

1. Jeu populaire dans les réceptions enfantines sur les paroles de la chanson *Nuts-in-may* dépourvues de sens (tirées probablement d'un slogan politique du Moyen Âge). Divisés en deux groupes disposés chacun en une longue file, les petits danseurs se tiennent par la main. Chaque rang s'avance tour à tour vers le rang opposé, puis se retire en chantant sa partie. Chaque groupe a pour objectif d'attirer à lui le plus grand nombre possible de danseurs.

évidemment une réponse affirmative, car brusquement, comme horrifié, il retira la main sur laquelle il s'appuyait à proximité de l'homme qui avait l'air d'un œuf dur.

Seul le docteur Brompius ne comprit pas qui se passait. Debout près de l'estrade, il continuait à protester – Anna pouvait voir, mais non entendre, parce que toute la salle s'était mise à parler – contre les musiciens silencieux, qui l'ignoraient. Mais il continuait. Enfin, l'un des musiciens assis au bord de l'estrade se crut obligé de protester à son tour avec une pointe de légitime exaspération. Finalement, en un geste qui semblait vouloir montrer à tous l'inconséquence du docteur Brompius, il lui désigna du doigt le centre de la salle de bal pour porter à son attention qu'un homme y gisait, mort.

18

Anna s'élança dans l'escalier. Don Juan, la suivant à toutes jambes, sentit quelque chose de collant retenir la semelle de son soulier. Il tenta de s'en débarrasser, n'y réussit pas et fut obligé de s'arrêter une seconde parce qu'il craignait que cela ne lui fît perdre sa chaussure. C'était un petit morceau de matière blanche marbré de taches noires et sales. Cela eût pu être de la neige apportée du dehors et souillée par des pneus. Mais cela collait. Il le détacha et s'aperçut que c'était une pastille de menthe qui avait été piétinée, poussée, puis écartée par cent autres semelles. Il la rejeta de côté pour courir vivement derrière Anna, qui lui dit :

— N'essayez pas de m'arrêter. Il faut que je rejoigne Anne.

— Je n'essaie pas de vous arrêter. J'essaie seulement de venir avec vous.

Mais, à l'entrée de la salle de bal, ils se heurtèrent à une centaine de dos.

Il était manifestement impossible d'y pénétrer.

— Nous serions plus utiles à Anne en déclenchant un mouvement de départ.

— Oui, dit Anna. C'est ce que je vais faire.

Sous le portique, il dit :

— Vous ne pouvez être aussi cruelle.

— Seulement envers moi-même, dit-elle.

Il la suivit plutôt qu'il ne l'accompagna jusqu'en haut de la montée et hors du cul-de-sac, parce qu'elle l'avait déjà rejeté, le laissant se traîner derrière elle comme un gamin dont on dédaigne les offres de service.

Un taxi vint à passer presque aussitôt qu'elle eut tourné dans la route principale et elle l'arrêta.

Malgré cela, il s'attarda encore un peu, comme s'il espérait ramasser quelque chose qu'elle pourrait lui jeter.

— Allez tout droit, dit-elle au chauffeur. Je vous dirai l'adresse dans un instant.

Au bout d'un certain temps, regardant par la vitre, elle remarqua que la neige dans les rues était souillée de taches brunâtres, fondait peut-être. Peu lui importait qu'elle survécût ou non à la journée.

La seconde fois où elle regarda à travers la vitre, ce fut parce que le taxi longeait une étroite rue qu'elle aimait : deux rangées de maisons de brique de style uniforme, grises dans cette froide lumière, des cottages désormais coûteux.

Le taxi tourna le coin d'une rue. Anna vit le chauffeur baisser la tête une seconde et elle-même cligna des yeux. Le soleil levant rayait le ciel devant eux : des rayures d'un rouge cramoisi, couleur de sang, comme les éléments d'un radiateur électrique monstrueux imitant l'agréable chaleur du charbon.

Elle donna au chauffeur un pourboire suffisant pour qu'il l'appelât flatteusement « Miss ».

— Bonsoir, Miss. Peut-être devrais-je dire bonjour ?

— Comme vous voudrez, dit Anna froidement, c'est une heure odieuse.

Il resta déconcerté. Ce ne fut que lorsqu'elle eut introduit sa clé dans la serrure qu'elle lui cria :

— Bonne année, en tout cas !

Puis elle entra, songeant à la mort.

Table

Collection « Belfond [Vintage] »

AYRTON ZANGWILL Edith
Forte tête

BEAUMONT Charles
Un intrus

BETTAUER Hugo
La Ville sans Juifs

CALDWELL Erskine
Haute tension à Palmetto
La Route au tabac

COATES John
Patience

COLEGATE Isabel
La Partie de chasse

CONNELL Evan S.
Mrs. Bridge
Mr. Bridge

DANE Clemence
Régiment de femmes

DAVIDSON Lionel
Johnny Porter et le secret du mammouth congelé

DONOSO José
L'Obscène Oiseau de la nuit

GIBBONS Stella
La Ferme de cousine Judith

GILROY Beryl
Black Teacher

GRAU Shirley Ann
Les Gardiens de la maison

HARTLEY L. P.
Le Messager

INGALLS Rachel
Mrs. Caliban

ISHIHARA Shintarō
La Saison du soleil

JACKSON Charles
Le Poison

JOHNSON Josephine
Novembre

KENNEDY William
L'Herbe de fer

KEUN Irmgard
Après minuit

LAMPE Friedo
Au bord de la nuit

LEHMANN Rosamond
L'Invitation à la valse
Intempéries

MCCARTHY Mary
Des filles brillantes

MILLER Caroline
Les Saisons et les Jours

MORTIMER Penelope
Le Mangeur de citrouille

NAYLOR Gloria
Les Femmes de Brewster Place

O'FLAHERTY Liam
Le Mouchard

PETRY Ann
La Rue

PYM Barbara
Des femmes remarquables
Comme une gazelle apprivoisée
Les Ingratitudes de l'amour
Quatuor d'automne

REIN Heinz
Berlin finale

SAVAGE Thomas
Le Pouvoir du chien

SHARP Margery
Les Aventures de Cluny Brown

SIMONS Ida
Une heure avant minuit

SLIM Iceberg
Du temps où j'étais mac

SMITH Betty
Le Lys de Brooklyn
La Joie du matin
Tout ira mieux demain

VLADIMOV Gueorgui
Le Fidèle Rouslan

WEST Dorothy
Le Mariage

WILDER Thornton
Mr. North

WILSON Sloan
L'Homme au complet gris

WOLKERS Jan
Les Délices de Turquie

ZACHARIEVA Rumjana
Sept kilos de camomille

Composition et mise en pages
Nord Compo à Villeneuve-d'Ascq

Pour plus d'information :

www.lisez.com

Imprimé sur du papier issu de forêts gérées durablement.

CET OUVRAGE
A ÉTÉ ACHEVÉ D'IMPRIMER
SUR ROTO-PAGE
PAR L'IMPRIMERIE FLOCH
À MAYENNE EN MARS 2024

N° d'impression : 104441
Imprimé en France